영혼의 아름다움

영혼의 아름다움

발행일   2023년 08월 24일

지은이   이기동
펴낸이   손형국
펴낸곳   (주)북랩
편집인   선일영   편집   윤용민, 배진용, 김부경, 김다빈
디자인   이현수, 김민하, 김영주, 안유경, 신혜림   제작   박기성, 구성우, 변성주, 배상진
마케팅   김회란, 박진관
출판등록   2004. 12. 1(제2012-000051호)
주소   서울특별시 금천구 가산디지털 1로 168, 우림라이온스밸리 B동 B113~114호, C동 B101호
홈페이지   www.book.co.kr
전화번호   (02)2026-5777   팩스   (02)2026-5747

ISBN   979-11-93304-23-5 03810 (종이책)   979-11-93304-24-2 05810 (전자책)

(주)북랩 성공출판의 파트너

북랩 홈페이지와 패밀리 사이트에서 다양한 출판 솔루션을 만나 보세요!

홈페이지 book.co.kr   •   **블로그** blog.naver.com/essaybook   •   **출판문의** book@book.co.kr

---

작가 연락처 문의 ▶ ask.book.co.kr

작가 연락처는 개인정보이므로 북랩에서 알려드릴 수 없습니다.

이기동
시집

영혼의 아름다움

삶의 위대한 선택은
예수 그리스도임을
마음 깊이 새기다

🐋 북랩

우리가 만난 후 당신이 나를 잊는다 해도
당신은 잃은 것이 전혀 없습니다
그러나 당신이 예수 그리스도를 만난 후
그분을 잊는다면 당신은 모든 것을 잃게 됩니다

시작하면서

B-C-D 법칙이 있다.

Birth, 사람은 누구나 태어난다.

Death, 사람은 누구나 죽는다.

태어나고 죽을 때까지 누구나 해야 하는 게 있다.

Choice, 선택을 해야한다.

Birth-Choice-Death

사람은 태어나서 죽을 때까지 매 순간 끊임없이 선택(Choice)해야
한다.

선택(Choice)을 했다면 도전(Challenge)해야한다.

도전(Challenge)하면서 분명코 변화(Change)되어야 한다.

변화(Change)할 때 인격(Character)이 바로 선다.

인격(Character)이 바로 서야 진정한 챔피언(Champion)이 된다.

태어나서(Birth) 죽기(Death) 전까지 꼭 만나야 할 분이 있다.

그분은 바로 그리스도(Christ)이다.

Birth-Christ-Death

사람은 누구나 지금 여기서 행복을 얻기 위해 부단히 노력하고
있다.

진정한 행복은 물질에 있는 것이 아니라

정신에 있음을 누구나 잘 알고 있다.

행복은 바로 현재의 선택(Choice)이다.

행복을 미래의 목표로 설정하는 사람은 없다.

지금 땀 흘려 열심히 사는 것도 지금 행복하기 위해서이다.

지금 행복하지 않으면 지금 불행한 것이다.

반복해서 말하면 진정한 행복은 물질에 있는 것이 아니라

정신에 있음을 누구나 잘 알고 있다.

정신이 행복해져야 물질에서 행복을 느낄 수 있다.

정신이 행복해지려면 예수 그리스도를 만나야 한다.

잠깐 사는 인생,

진정한 행복을 얻고자 한다면 예수 그리스도를

내 삶의 주인으로 맞아들여

그분과 함께 살아가야 한다.

기회(Chance)가 왔다.

기회(Chance)가 왔을 때 예수 그리스도를 선택(Choice)해야 한다.

예수 그리스도를 선택(Choice)을 했다면

그분을 알아가는 것에 도전(Challenge)해야한다.

도전(Challenge)하면서 분명코 새롭게 변화(Change)되어야 한다.

변화(Change)할 때 인격적(Character)으로 그분을 알면

삶의 진정한 챔피언(Champion)이 된다.

사람의 생사화복(生死禍福)을 주관하시는 분.

인생 최고의 선택(Choice)은 예수 그리스도(Christ)이다.

Birth-Christ-Death.

『우리가 여호와를 알자

힘써 여호와를 알자.(호세아6:3)』

제1부 어머니의 길

제4부 아름다운 날

제5부 가나안 소묘(素描)

제1부

어머니의 길

현재(現在: Present)

지금 이 순간을 말합니다

이는 하나님께서 오래 전에 이미(pre)

우리에게 보내주신(sent)

아주 귀한 선물(present)입니다

따라서 현재(present), 이 순간이야 말로

아주 귀한 선물(present)입니다

현재, 내가 있는 것

이 자체가 바로 큰 선물입니다

하나님이 주신 오늘, 현재를

열심히 사는 것보다 더 큰 선물은 없습니다.

가정

하나님이 주신 인류 최초의 공동체

엄마 아빠가 하나되어 신앙의 기둥을 세워 가는 곳

부부가 믿음으로 사랑을 꽃 피우는 곳

누구보다 나를 먼저 낮추고 변화시키는 곳

나의 부족함과 죄를 고백하므로 성령충만이 시작되는 곳

사랑보다 힘든 용서를 할 수 있는 곳

아빠의 진정한 권위가 사랑으로 녹아있는 곳

가정예배를 통하여 종교개혁이 시작되는 곳

서로 기도하며 철저히 하나님 중심으로 살아가는 곳

지지고 볶으면서도 하나님을 알아가는 곳

힘들 때 서로 기대며 하나님의 뜻을 실천하는 곳

죄를 지은 자도 끌어안고 사랑하는 곳

서로 고난을 나누며 고난 때문에 축복을 받는 곳

부족하지만 매일매일 조금씩 채워가는 곳

외출 후 돌아오면 모두 온몸으로 맞아주는 곳

먹을 것을 남겨놓고 기다리는 곳

서로 사랑을 나누며 서로 간에 사랑의 빛이 넘치는 곳

믿음으로 하나되어 구원의 확신을 고백하는 곳

효도를 배우고 받으며 약속있는 첫 계명이 이어지는 곳

불신 결혼은 철저히 버리고 영적 결합이 이루어지는 곳

서로 응원하며 꿈을 이루어가는 곳

무엇이든지 털어놓고 기도 부탁하는 곳

서로의 말(言)을 눈과 귀에 담아 들어주는 곳

각자 해야 할 일을 사랑과 감사로 하는 곳

매일 하나님의 말씀을 나누며 적용하는 곳

성령의 임재가 넘치며 은혜가 샘솟는 곳

기쁨이 넘쳐 웃음소리로 가득 채우는 곳

감사가 끝없이 이어지는 곳

내 소원보다 먼저 하나님을 기뻐하는 곳

천국의 시작과 끝이며 에덴동산을 회복하는 곳.

엄마

평생을 주님과 함께 사셨다

함경남도 원산, 바닷가 마을
양계장을 하는 부유한 환경속에서
엄마의 할머니의 신앙이 삶을 이끌었다

일제 강점기-8.15해방-소련군 진주
이북은 신앙을 지킬 수 없다는 할머니의 뜻에 따라
풍요를 버리고 남으로 남으로
서울 삼청동에서 잠시 숨 돌리는 듯했으나
동족상잔의 6.25
총알이 날아드는 방 안에서 기도하는 할머니의 신앙
부산으로 피난-서울수복으로 서울로-1.4후퇴-다시 피난
고달픈 피난 속에서도 군건히 지켜온 엄마의 신앙

모태(母胎)신앙으로 태어난 4 남매

대(代)를 이은 엄마의 신앙이 삶을 이끌었다
예배를 빠진다는 것은 상상할 수 없는 일
종이돈을 숯불다리미로 펴서 헌금을 드린 일
예배를 빠지면 밥도 주지 않았던 엄마
밥은 굶어도 예배는 굶어서는 안되었다

엄마가 병(病)에 걸렸다.-"결핵(結核)"
당시에는 죽을 수밖에 없는 중병(重病)이었다
충격과 혼란의 시기
모든 걸 내려놓고 하나님만 붙잡은 엄마
결국 병을 이기고 우리 곁으로 돌아왔다
척추에 승리의 흔적을 달고…

물질적 곤비(困憊)함이 다가오자
아버지는 교회다니지 말라는 핍박이 시작되었다
한 번씩 불화의 소용돌이가 휘몰아치면
엄마의 머리카락이 수북이 쌓이고
중상에 신음하는 가재도구들
어린 4남매는 담 밑에서 떨어야 했다
죽으면 죽으리라는 각오로 신앙을 지킨 엄마

아버지의 사업실패와 빚보증으로 가세(家勢)가 기울고

급기야 아버지의 행방불명

먹는 것조차 힘들 때에도

신앙은 반석위에서 흔들릴 줄 몰랐다

성민교회에서 권사직분으로 섬김을 다한 엄마

기적이 일어났다

행방불명된 줄 알았던 아버지가 목사가 되었다

엄마의 하나님이 이겼다

지하 개척교회가 시작되었다

개척의 어려움은 엄마의 어깨를 짓눌렀다

어느 해 겨울, 성탄전야 행사 때

부모없는 4 남매가 교회에 스며들었다

길거리 천사 - 방을 얻어 돌봄이 시작되었다

먹고, 입히고, 깨우고, 학교 보내고, 뒤치닥꺼리…

그러길 십 수년, 졸업하고, 취업하고, 군대보내고, 결혼하고…

엄마의 사랑의 실천은 천국에서 해같이 빛나고 있었다

개척교회 15년간 사모의 길

물질적으로는 부족했지만 영적으로 풍요했던 때

1995년 7월 30일 아버지가 천국으로 가신 후
25년간 나와 함께 살던 엄마
아내의 수고속에 늘 웃고 대화하면서
아름다운 에덴을 보여주신 엄마

마지막 8개월 동안 입퇴원을 반복하셨다
병중이지만 찬양을 하던 그때가 그립다
의학발전을 위해 시신(屍身)을 기증하셨다
늘 하셨던 말씀 세 가지
　　*주일예배에 방해되지 않도록 목요일에 죽는 것
　　*남편과 같은 날짜에 죽는 것
　　*고통없이 찬송 부르며 죽는 것
다 이루도록 들어주신 하나님의 선물
유경, 기동, 미현, 수동의 찬송을 들으시며
2020년 7월 30일 목요일 새벽 3시 33분 33초
심장 멎으시다
30,546일을 이 땅에 머무셨다

천국 환송예배
부탁하신 찬송『생명의 주여 면류관』들으시며

천국에 입성하셨다

『생명의 주여 면류관 받으시옵소서

날 위해 쓰신 가시관 나 기억하게 합니다

저 겟세마네 기도를 늘 기억하게 하시고

그 십자가의 은혜로 날 인도하소서』. 아멘.

성민교회

사근동 입구 언덕 위에 천막 예배당
나를 신앙의 반석 위에 서게 하였다

엄마 등에 업혀 찬송 소리 들으며
때론 구멍 난 천막의 별을 보며
기도 소리를 자장가 삼아 잠들곤 했던 신앙의 요람

천막이 흑벽돌로 커져갈 때
우리집 앞으로 바짝 다가온 예배당을
뻔질나게 드나들 수 있었다

"주의 발자취를 다름이 어찌 즐거운 일 아닌가"
"예수 사랑 하심은 성경에서 배웠네"
어린이 예배시간에 목 터져라 부르던 찬송
아브라함, 모세, 다윗, 예수님 이야기 지금도 들리는 듯…

예배가 없는 날엔 교회 마당은 놀이터
고무공으로 미니축구를 즐기며 웃고 떠들던 시간들
술래잡기, 구슬치기, 다방구, 비석치기 등으로 수(繡) 놓았던 교회
마당

"흰 구름 뭉게뭉게 피는 하늘에
아침 해 명랑하게 솟아 오른다"로 시작하여
"아~ 진리의 성경 말씀 배우러 가자"로 끝나는
여름성경학교 교가는 지금도 흥얼흥얼…
주제말씀, 새로운 찬양, 신나는 오락과 게임,
감자와 옥수수 간식은 행복이었다

전 교인이 함께 갔던 여름 수련회
졸린 눈으로 시작되는 새벽기도, 성경공부, 물놀이,
꿀맛 같은 점심, 미니올림픽, 즉흥연기, 포크댄스,
요절을 외워야 먹었던 식사, 캠프파이어 등
넉넉하진 않았지만 순수함과 열정이 가득 찼었다
밤하늘엔 은하수가 흐르고 있었고
우리들 마음엔 사랑이 흐르고 있었다

가을이면 어김없이 가슴을 뛰게 하는 문학의 밤
시 수필 낭송, 연주, 단막극, 독창에서 합창까지
그렇게 가을밤은 깊어갔고 믿음도 시나브로 깊어갔다

예배당 건축할 때 모두가 하나되어
벽돌을 나르고 대청소하며 웃음꽃을 피었고
더불어 믿음도 꽃을 피웠다

고등부 겨울방학이면 엄마의 강권으로
감리교단 사경회를 수료해야 편안한 방학을 보낼 수 있었다
그때 신앙훈련을 통해 주님을 만났고 세례도 받았다
엄마의 신앙훈련이 나의 삶에 깊은 감사로 남아있다

성탄 이브의 밤을 장식하는 발표회
한 달 정도 설렘을 안고 모여
간식을 즐기며 신나게 준비했던 추억들
스쿠루지 영감 역을 맡아 한때 별명이 되기도 했다
발표회가 끝나면 이어지는 새벽송
성도들의 집을 다니며 찬양하며 외쳤던
"메리 크리스마스"

"예수님의 탄생을 축하합니다"
어둠을 뚫고 내 마음에 빛으로 오신 예수님

아버지의 신앙 핍박으로 어려움을 겪을 때
엄마 홀로 텅빈 예배당에서 눈물로 기도하던 모습이
지금도 지워지지 않는다
눈물의 기도에 응답하신 주님은 아버지를
목사되게 하시는 기적을 보여 주셨다

젖먹이가 교회 울타리에서 청년이 되었다
몸도 약하고 힘들 때 사관학교에 가도록 열어주신
주님의 사랑과 은혜에 감사드린다
입학를 위해 교회를 떠날 때
뜨거운 환송에 눈물이 하염없이 주르르륵….

기저귀차고 다니던 성민교회에서 신앙으로 자라
대한민국의 간성(干城)이 되고
아내도 만나고 목사님 주례로 결혼도 하였으니
영원히 잊을 수 없는 신앙의 고향
성민교회.

아버지

마침내 주님과 하나되다

황해도 신천군 두라면 신전리
부유한 집안에서 신앙을 모르고 살았다
일제 강점기 - 광복 - 분단을 거치며
애국심에 불타 부모형제, 풍요를 떨치고 혈혈단신
남(南)으로 와 주경야독(晝耕夜読)하며 신문기자가 되었다
정의를 외치다 해직되어 꽃가게를 하였다
방향을 잃은 야망의 부유함은 모래성이었다

교회가지 말라는 신앙의 핍박은
다정다감한 권위의 따스함은 꿈에서도 없었다
긴장, 두려움, 고통의 시간이 발목을 잡았다

술, 담배, 돈으로 점철(点綴)된 삶은 결국 무너졌다
사업실패와 빚보증은 신앙을 더 멀리 차 버렸고

모든 걸 잃고 말았다
혼돈과 아우성으로 행방불명
아버지의 어둠이 사라지자 빛이 찾아 들었고
숨 죽이던 방에는 웃음꽃이 피었다

엄마의 통곡의 기도를 마침내 들으신 하나님
행불(行不)중 이북에서 알았던 목사를 만나게 하시고
격랑(激浪)의 시간을 통해 아버지는 목사가 되셨다
지하 개척교회는 모든 걸 내려 놓을 때 주시는
영적 풍요를 누리기에 충분했다
성탄전야 때, 길거리 천사 4남매의 두드림은
자식 4 남매에게 소홀히 했던 사랑을 실천하라는
예수님의 선물이었다
어린 천사들이 결혼하기까지 보살핌을 통해
천국이 이 땅에 있음을 알게 하셨다

부르심에 힘입어 방향이 정해진 열정적 외침은
공단으로, 시장으로, 학교로, 길거리에서
복음의 씨앗을 뿌리는 삶의 꽃이었다
주일 설교준비를 마친 어느 토요일 오후에 쓰러지셨다

15년 복음사명을 150년처럼 불같이 사르다가

1995년 7월 30일 일요일 새벽 2시경,

일요일 새벽 부활로 오신 주님을 뵈러

칠십수(七十壽)로 천국으로 가셨다

묘비는 이렇게 지키고 있으니

　『내가 선한 싸움을 싸우고

　나의 달려갈 길을 마치고

　믿음을 지켰으니...(딤후4:7)』

어머니의 길
-사모의 길-

길
주님이 맡기신 사명의 길

희생의 길

웃음 뒤에 고난의 길

절제된 삶의 길

주님 친히 위로 주시네

진리
침묵이 주는 아픔

막힌 담 허무는 수고

주님주신 진리 이루려는

아스라히 먼 여정

주님 기쁨 주시리

생명

오직 한 번인 삶

세상 것 버리고

복음위한 내조의 삶

감춰진 손길속에

주님사랑 흠뻑 주시리.

감사 연습

모든 일에 감사하라고 하셨기에

숨쉬는 순간순간 감사합니다

수억(数億)중에 택함을 받게 해주신

사랑의 하나님께 감사합니다

십자가 보혈의 구원에 감사합니다

생각하며 행동할 수 있기에 감사합니다

잘자고 눈 뜨게 하시니 감사합니다

할 수 있는 일이 있으니 감사합니다

만나는 사람들과 대화할 수 있으니 감사합니다

돕고 도움받게 하시니 감사합니다

힘들고 어려움 속에서 소망을 갖게 하시니 감사합니다

나의 슬픔을 통해 슬픈자의 마음을 알게 하시니 감사합니다

일을 할 수 없는 기간에 실직자의 마음과

나를 되돌아 볼 수 있게 하시니 감사합니다

아주 작고 보잘 것 없는 것에도

의미를 알게 하시니 감사합니다

세상을 떠난 사랑하는 사람들의 이별을 통해

천국의 소망을 갖게됨을 감사합니다

지혜와 지식을 통해 삶을 나누게 하시니 감사합니다

부모님의 사랑을 알게 하시니 감사합니다

악을 보며 선을 알게 하시니 감사합니다

살고 죽는 모든 것이 주님의 뜻이기에 감사합니다

기도의 응답이 없더라도

주님이 늘 같이 하시기에 감사합니다

감사할 수 없는 상황에서도 감사연습을 통해

감사의 진리를 알게 하시니 감사합니다

주님, 감사합니다.

또 다른 나를 찾아서

언제나

평안의 날개 아래 있기만을 바라지만

날개, 어쩔 수 없는 듯

푸드득 푸드득

-믿는 자의 삶은 언제나 고통의 날개가 있다-

고통을 이겨내며

한꺼풀 한꺼풀 벗겨지는

변화된 나를 만날 때

삶은 성스러움으로 깊게

물들여진다.

너만 내 편이 될 수 있다면

차가운 바람이 분다.

앞을 볼 수 없는 바람이

시린 얼굴에 부딪히며

떨어져 나온

나 아닌 나의 몰골들

어디로 가야 되는지 모르지만

어디론가 갈 수밖에 없는

걸음 걸음 걸음들

상처를 덮어가며 통곡을

안으로 안으로 삭이면서 주님,

나를 잡아주기만을 기다리는 마음

욕망의 덫에 걸린다

그리고 간절함으로

"주님, 내 편이 되어 주옵소서

내 편이 되어 주옵소서"

떨리는 주님의 음성
"나는 늘 네 편이란다
나는 늘 네 편이란다

　　조금도 걱정할 필요가 없단다

　　나는 늘 네 편에 서서 널 기다리고 있단다
　　　세상 고통에 시달리지 말고
　　　세상 열락에 얽매이지 말고 뿌리쳐 일어나
　　　내 속으로 들어오면 좋으련만…"
안타까운 주님의 절규
"너만 내 편이 될 수 있다면…"
"너만 내 편이 될 수 있다면…"

새 힘 새 마음

믿는 마음의 씀씀이
어느 길로 가고 있는가
하나님 마음에 맞는 다윗은
복의 통로가 되어 뜻을 이루었다
한결같은 마음이 새 힘을 얻게한다
마음이 원이로되 육신이 약하여
새 힘을 얻지 못하고 있다
가난과 질곡(桎梏)과 고난과 고통속에서도
기도로 새 힘을 얻는다
먹을 것, 입을 것이 부족하여도
에배를 통하여 새 마음을 얻으며
성령충만함을 받으면 새 힘을 얻는다
새 힘으로 단련된 마음판은
세상이 주는 상처에 결코 무너지지 않는다
새 힘을 얻은 성령충만의 마음이 새 마음이며
흐르는 강물처럼 막힘없이 깊고 당당해지고

생명수가 끊이지 않고 흐르며
물길따라 넘치는 은혜를 맛볼 수 있다
부정적인 마음의 독(毒)을 다 떠내려 보내고
하나님을 찬양하며
늘 새 힘을 얻어 나아가라

새 마음을 통해 새 힘을 얻고
새 힘을 통해 새 마음이 커간다.

견고한 성(城)

차가운 노래가 불어오고
냉랭한 언어가 쌓여지며
서로가 외면하는
꿈 잃은 슬픈 오늘
마음을 열면
추악함이 먼저 들어오고
사랑을 베풀면
배신이 찾아오는 길 모퉁이에서
어찌 할 수 없는
슬픈 노래를 부른다

포근히 감싸줄
어느 것도 침노할 수 없는
굳건한 곳을 찾아 안주한다

오직 주님의 품 안에서.

무엇일까

조금만 다시 생각하면
풍요로운 마음을 가질 수 있는데
왜 조금 다시 생각하지 않을까
생각을 붙잡는 것은 무엇일까

조금만 다시 행동하면
아름다운 모습을 보어줄 수 있는데
왜 조금 다른 행동을 보여주지 못할까
행동을 막는 것은 무엇일까

조금만 다시 이야기하면
따뜻한 사랑을 표현할 수 있는데
왜 조금 다른 표현을 못하는 것일까
표현을 막는 것은 무엇일까

조금만 다시 가르치면

새로운 모습으로 변할 수 있는데
왜 조금 다시 가르치지 못할까
가르침을 막는 것은 무엇일까

조금만 다시 이해하면
더욱 가까와지는 것을 볼 수 있는데
왜 조금 다시 이해하기를 싫어할까
이해심을 막는 것은 무엇일까

조금만 나를 낮추면
모두에게 사랑받는 내가 될텐데
왜 조금 나를 낮추기를 싫어할까
낮추기를 싫어하는 것은 무엇일까

조금만 다시 주님을 내 안에 모시면
주님의 사랑을 듬뿍 받을 수 있을텐데
왜 내 마음은 주님 모실 자리를
만들지 못할까
주님을 막는 것은 무엇일까

주님을 막으려고 하는 마음

물리쳐 주시고 먼저

주님을 구주로 모시려는 마음 주옵소서

진정 나를 변화시키는

그 무엇

그. 무. 엇. 을

알게 하옵소서.

빛과 어둠

세상에 어둠만이 가득차 있었다

빛이 있으라

빛이 들어오자

어둠이 사라지고

세상은 밝아지고

빛의 열매가 열리기 시작했다.

모든 착함과 모든 의로움과 모든 진실함이

알알이 맺히며 익어가기 시작했다.

빛으로 우리 모두는

안전하게 길을 가게 되었고

새로운 진리를 얻게 되었고

참된 생명을 맛볼 수 있었다

빛의 자녀가 되어

영생의 선물을 얻게 되었다

고난을 이기신 님을 기쁘게 할 수 있음도

알게 되었다
빛으로 인하여
어둠의 일에서 멀어지고
어둠을 이기고
어둠을 잊어 버리게 되었다
한 걸음 더 나아가
우리는 빛의 영광을 드리게 되었다.

그러나 순간,
빛을 잊거나 잃고 있을 땐
여지없이 어둠이 찾아왔다
탐욕과 더러움과 불순종이 우릴 짓눌렀다
어둠은 악취와 퇴폐와 실망을 데리고 와
우릴 빛에서 멀어지게 하려고 한다
죽음으로 내몰려 한다.

그러나 죽음을 이기신 분의 빛으로
우린 새 생명으로 거듭났다
사랑의 그 분은 말씀하신다
이제 너희가 어둠 가운데 있었으나

이젠 내 안에서 빛 가운데 살아가라

빛… 빛… 빛…

빛의 자녀가 되어라.

즐거움의 끝

인간이 주는 즐거움은

쾌락의 날개를 펴고 올라가고

안락의 깊은 꿈에 젖어들며

웃음의 노래가 울려나고

부딪치는 육신 속에서 환희에 빠져들어

꿈 속 헤메다

현실이 주는 고통을 잊고 깨어나면

어김없이 다가오는

허무 그리고 아픔

또 다른 인간의 쾌락을 쫓다

다시 빠져드는 고독

새로운 삶은 오직

주님이 주는 즐거움뿐

우리 마음이 늘 평안하고

조용히 다가오는 따스함에

사랑에 푹 젖어

모두를 향한 뜨거운 열정적 환호

할렐루야!

즐거움 끝에 또 다른 즐거움의 연속

그것은

내 마음 속에 오신 주님뿐.

낮은 자세로

새벽을 깨우면
고요히 내려앉는 간절함
인간적 욕심을 버리고 겸손으로
주의 영광 나타내게 하여 주소서

지금,
높아지고자 하는 곳에서는
자기 욕구 충족만을 위한 이기적 삶
목적없는 무분별한 죽음의 무대
물질만능이 넘실대는 가득 찬 욕심
육체의 쾌락을 추구하는 무리들의 괴성
삶 속에 젖어드는 소돔과 고모라에
마음이 무거워진다

주님,
우리 무릎 꿇게 하소서

자기를 버리고 무릎 꿇게 하소서

더 이상 낮아질 수 없을 때까지

겸손으로 무장하게 하소서

변화하는 기적을 내리소서

이곳,

낮아지는 곳에서는--

헌신적인 삶

주님의 영광을 위한 목적있는 삶

성령 충만을 추구하는 순례의 행진

하늘에서 이루어진 것처럼

땅에서도 이루어진 거룩한 뜻

아! 삶 속에 피어나는 에덴의 축복이여

오늘 이 땅에서 낮고자 하면

높아질 수 있다는 진리로 채우소서.

돌이켜 보면

돌이켜 보면
순간순간 같이하시는 손길

어찌 할 수 없는 심적 갈등의 연속 가운데
고통이 주는 안타까움
이대로 끝날 것만 같은 절망
미워할 수밖에 없는 상황
고난이 주는 유익함을 알게 하시는 은혜
돌이켜 보면
순간순간 같이 하시는 은혜

얼었던 마음이 녹아내리고
가슴 가득히 피어오르는 환희
벅찬 감격으로 맞이하는 열광
궂은 일 먼저 하는 겸손의 모양
베푸는 마음을 주시는 한량없는 은혜

돌이켜 보면
순간순간 같이하시는 기쁨

육신에 얽매이지 않고
저 높은 곳을 향하도록
오늘 주시는 깊은 가르침
넓은 사랑
돌이켜 보면
순간순간 같이하시는 사랑.

제2부

에덴을 떠나며

빛

혼돈을 깨고
공허를 채우며
흑암을 깨뜨리는 태초의 말씀
빛이 있으라!
한줄기의 빛------!

없음이 있음으로 시작되고
시간이 태동하며
공간을 달리게하는 태초의 찬란함
오! 그 빛
빛-으-로---!
하-나-로---!
온 우주를 포옹한다
만물의 벗이 되어
사랑함을 머금고 하나가 되게한다
한 점의 티끌없는

그 순수함으로

아! 에덴 에덴 에덴

그 에덴의 아침을 연다.

오직 성스러움만으로 맺혀진

환희의 동산에서

경건한 제물로 감사하며

열락의 날갯짓으로

벅찬 가슴에서 발하는 음율을 안고

빛으로의 찬양!

빛으로의 감사!

빛으로의 사랑!

영원에서 영원으로----!.

살아계신 하나님

지금 이 순간에도 우리와 함께 호흡하시는 하나님
생명의 기원은 하나님의 살아 계심을 보여주며
우연히 생긴 것은 하나도 없다

우주의 시작을 알리는 말씀
"빛이 있으라"
눈(眼)으로 볼 수 있는 빛
언약의 무지개 빛 - 빨,주,노,초,파,남,보
눈(眼)으로 볼 수 없는 빛
빨간빛 바깥의 빛 - 적외선(赤外線)
보랏빛 바깥의 빛 - 자외선(紫外線)
자외선 막아주는 오존층
우연히 생긴 것일까?

매우 정밀하게 만드신 지구
지금보다 조금만 커도, 조금만 작아도

모든 생명체는 살 수 없다

스스로 돌고있는 지구

도는 소리 너무 커 들으면 죽지만

들리지 않게 만드신 하나님

지금보다 조금 빨리 돌거나 천천히 돌면

최악의 태풍과 혹서와 혹한으로 어느 것도 살 수 없다

누가 만드셨을까?

태양과 지구 사이의 오묘한 거리

지금보다 조금 가깝거나 멀어지면

불덩이나 얼음덩이가 되어 살 수 없다

저절로 된 것일까?

중심축에서 23.5도 기울어져 태양이 골고루 비치니

많은 농작물을 키울 수 있는 지구

누구의 사랑일까?

화성은 빨간 하늘, 달은 검은 하늘, 지구는 파란 하늘

태양 빛이 지구 대기 통과 중 산란되어

아름다운 하늘을 볼 수 있다

태양에서 날아오는 해로운 방사선을
지구의 자장(磁場)이 방패되어 팅기며
아름다운 빛으로 변하여
지구를 보호하는 남극과 북극의 오로라
누구의 작품일까?

우주의 끝없는 조화(調和)
위성, 행성, 항성, 혜성의 오묘한 운행
은하가 수 천억 개, 은하마다 항성이 수 조 개
지구의 모래보다 많은 별, 별, 별…
끝없이 팽창하는 우주의 크기, 끝, 앞날을 알 수 없다
누가 운행하시는 걸까?

지구의 친구, 달이 주는 사랑
밀물과 썰물로 생명체가 살아가고
지구의 궤도와 회전을 도우며
해일과 폭풍으로 바다를 살린다
누구의 배려일까?

각종 동물과 물고기, 꽃과 나무, 열매들…

생명체가 안락하게 살 수 있도록

정밀하게 설계되고 한 치의 오차도 없이

예지력(予知力)의 손길로 운행되고 있는 지구

지금도 운행하시는 분은 누구일까?

신비하고 오묘한 육체

60조 개 세포가 하나된 공동체

끊임없이 생성과 소멸을 반복하고 있다

멈추지 않는 세포 속의 수많은 분자들

분자들 속의 수많은 원자들

원자들 속의 수많은 미립자들

보고 듣고 알아가는 정신세계

몸이 우주이고, 우주가 몸이지 않겠는가?

누구의 섭리일까?

더욱 놀라운 것은

하나님이 우리와 같은 모습으로

이 세상에 오셔서 우리와 함께 역사를 쓰셨다

역사상 가장 많은 선한 영향력을 주신 분

역사의 기원전, 기원후의 중심이 되신 분

"예수 그리스도"

우리 죄를 구원하시기 위해
십자가에서 모든 보혈을 쏟으시고
사흘만에 부활하신 예수님
세상의 모든 종교는 다 죽었지만
예수님만 부활하신 역사적 사실
부활 후 40일간 세상에 계시며
아홉 번의 부활 목격과 500여 명이 훨씬 넘는
사람들에게 나타나셨으며
올라갈 때 모습으로 다시 오시겠다고 하신 예수님

역사적 사실을 오차없이 그대로 전하고 있는
하나님의 말씀 - 성경
잘 보존되어있는 원본과 수없이 많은 사본들
복음을 전하다 순교한 1억 명이 넘는 순교자들
그 역사적 증거가 지금도 살아서 전해진다

우리가 숨쉬는 것, 생각하는 것,
태어나고 죽는 것, 죽은 후에 영생하는 것,

모든 것이 우연히 된 것이 아니라

지금도 살아계신 창조주 하나님의 사랑이다

『여호와는 살아 계시니

나의 반석을 찬송하며

내 구원의 하나님을 높일지로다.(시18:46)』

인격의 등불을 밝혀 그분을 만나자.

에덴을 떠나며

이제 떠날게요
슬픔과 후회와 사랑과 소망을 안고…

흙에 생기를 불어넣어
살아있는 영혼을 주시고
풍요와 쾌락이 넘치는 에덴에서
동역자되어 즐겁게 지내자고 하시면서
딱 하나, 순종만을 원하신 하나님

모든 것을 누리되
선악을 아는 사망의 열매는 먹지말라 하셨는데
유혹의 함정에 빠져 먹는 순간
생명의 말씀이 사라지고
악(惡)이 영혼을 흔들자
불순종의 죄가 찾아왔고 그 결과는 고통이기에
고통을 안고 생명나무 열매를 먹으면

고통이 영원히 같이 하기에
생명나무를 불칼로 막으시는 하나님의 사랑

죄악이 주는 부끄러움이 온몸을 떨게 할 때
가죽옷을 입히시고 꼭 안으면서
새로운 보혈(寶血)로 구원을 약속하셨네

모든 살아있는 자들의 어머니가 되는 하와의 눈이슬
하나님의 형상대로 지음받은 아담의 검붉은 후회
뒤돌아 에덴을 보니
아! 눈물이 흐르네요
황금으로 덮힌 하윌라 온 땅에 흘러가는
비손강에서의 물놀이
커다란 강 유브라데더에서의 고기잡이
각종 열매의 달콤한 맛과 향기
동물들과 즐겁게 대화하며 뛰놀던 때
벗었으나 부끄럽지 않았던 그때

에덴은 우리의 보금자리이며
하나님의 사랑인데

사랑을 걷어찬 불순종으로 떠나라 하시네

에덴의 밖은 고난의 연속

해산의 고통과 양육의 고달픔

엉겅퀴가 덮힌 땅

수고의 땀방울

소용돌이치는 삶의 그림자가 기다리네요

흙으로 만들었으니

흙으로 돌아갈 때 새로운 시작이 되어

선악의 효능은 사라지고

주님만이 주시는 영원한 말씀을 맛보고 누릴 그때

에덴에서 누릴 영혼의 생명나무를 그리워하며

에덴을 뒤로하며 뒤로하며

무거운 걸음을 옮깁니다

아! 에덴.

[1]코람 데오(Coram Deo)

하나님 앞에서

하나님의 길만이 바르기에

하나님이 아시는 외롭고 험난한 길을

목숨보다 귀하게 여기며

하나님 앞에서

하나님만이 진리라는 믿음 때문에

삶의 모든 것을 하나님 앞에 드리며

하나님 앞에서

하나님만이 생명을 주관하시기에

세상의 명예, 권력, 물질보다

하나님을 주(主)로 섬기며

하나님 앞에서

하나님이 우리를 동역자로 만드셨기에

하나님의 임재(臨在)를 누리며 순종하여

하나님을 기쁘시게 하는 삶을 살아가며

---

1 코람 데오(Coram Deo) : 라틴어로 〈하나님 앞에서〉 라는 말이다. 하나님의 임재를 의미하
는데 라틴어 2개 단어인 코람(coram)과 데우스(Deus)가 합쳐진 합성어이다.

하나님 앞에서

하나님은 사랑이시기에

하나님이 주시는 사랑을 누리고 나누고 기뻐하며

하나님 앞에서

나 자신의 연약함과 부족함을 보며

상대방의 허물을 보지 않을 것이며

하나님 앞에서

성경은 하나님의 감동으로 기록되었기에

성경을 통하여 진리를 알고 나의 삶을 점검하고

바른 길로 나가는 나침반으로 삼으며

하나님 앞에서

하나님 중심으로 행동해야 하기에

자기 중심적 삶을 버리고

자아(自我)를 하나님께 내어 드리며

하나님 앞에서

잘못된 신앙을 버리고

오직 말씀으로

오직 믿음으로

오직 은혜로

오직 그리스도로

오직 하나님께 영광을 드리리.

불(火)

하나님은 불(火)로 우리에게 다가 오십니다
불같은 말씀을 주시므로 불같이 뜨거워진 마음에
성령의 불씨가 지펴집니다
타오르는 성령의 불로 죄를 보게 하시고
회심의 길로 나아가게 하십니다
죄를 품고 에덴의 생명나무를 만나지 못하도록
불타는 칼로 막으십니다
불칼은 하나님의 거룩함이며 분노이며 공의(公義)입니다

불은 빛을 발하며 어둠을 밝힙니다
빛은 하나님의 말씀이며 사랑입니다
불기둥의 빛은 어두운 광야를 비추며
겸손의 낮은 땅으로 인도하는 하나님의 사랑입니다
힘들고 무거운 짐을 진 삶이라도
빛 가운데로 걸어가면
길 잃어버릴 염려는 사라집니다

불은 우리의 삶을 보호합니다

우상을 버리고 순종의 삶을 살아가면

풀무불 속에서도 보호를 해 주십니다

불같이 뜨거운 기도는 믿음의 반석 위에 서게 합니다

불같이 뜨거운 신앙이 마음에 내려와

죄로 물든 모든 것들을 태우는 것은

삶을 인도하시는 하나님의 은혜입니다

우리는 삶의 쓰레기를 태워 버리듯

하나님의 불로 마음 속 더러운 것들을 깨끗이 태울 때

믿음이 단련되어 모든 시련을 이기며

주님 오실 때 칭찬과 영광과 존귀를 더하여

변화된 우리의 모습을 볼 것입니다

세상 마지막 심판이 불이기에

꺼지지 않는 성령의 불을 감싸고 나아갈 때

우리는 새 하늘과 새 땅의 백성이 됩니다.

하나님의 언약, 그 부르심.

빨리 달려 산 위에 서면 건너편 산에서

주님의 은혜 머금고 미소짓는 일곱 빛깔 은사

노아를 통해 보내주신 하나님의 언약

초조와 긴장, 두려움을 안고 방주에서 나왔지만

파란 하늘 보여주시며 회복의 역사를 이루신 사랑

남을 높이며 나를 낮추는 섬김의 본을

보여주시는 하나님의 언약

그 부르심.

성령의 열매

序

거듭난 삶에는 영광이 활짝 피고

영원으로 달려가는 영혼의 세계가 열리며

영과 육이 하나가 되어

충만한 기쁨의 열매가 열린다

거룩함을 얻으려면

아낌없는 사랑을

언제나 희락을

마음에 화평을

뜨거운 인내를

남을 위한 자비를

생활속에 양선을

하나된 충성을

포근한 온유를

욕심없는 절제를

우리 마음에 씨를 뿌리자

사랑-희락-화평-인내-자비-양선-충성-온유-절제

이 모든 것은 하나이며

하나가 되어 우리들의 삶에

꽃 피우고 열매를 맺자

1. 사랑

가슴 깊숙이 흐르는 어머니의 마음

주는 것을 좋아하는 마음

아낌없는 헌신

목숨까지도 바치는 정신

남을 위한 고통의 감수

차고 넘치는 것보다 조금 부족함에 만족

남을 편안하게 하는 배려

긍정적 적극적 진취적 자세

자기 생활의 반성

십자가

고린도전서 13장

이 모든 것이 예수님 사랑 속에 있어요

우리 늘 사랑해요.

2. 희락

기쁨!

알 수 없는 충만감으로

살아 숨쉬는 것이 보여요

어디서부터 시작되었는지 모르지만

샘물처럼 솟아나고 있어요

모든 것이 새롭게 보이고

모두를 사랑하고 싶어요

즐거움!

하는 일에 보람이 넘쳐요

솟구치는 감격이 생활 속에 있어요

모든 일에 자신감이 생겨요

할 수 있다는 의지가 넘쳐요

모두에게 편안함을 주어요

기쁨과 즐거움은

성령으로만 나타나요.

3. 화평

늘 평안한 마음으로 삶을 생각하면

일곱 빛깔 무지개가 생활 속에 충만하다
무지개 따라 피어나는 하얀 꿈은
모두에게 희망을 주고
사랑을 주며 용기를 준다

늘 평안한 마음으로 삶을 생각하면
주님이 주신 은혜가 생활속에 충만하다
화평케하는 자 주님의 자녀
행복이 가득한 마음이 된다.

4. 인내

참는 자의 복은 동글동글
어디든 굴러가고
누구든 사랑하며
모두를 포옹하며
둥글둥글 살아간다

오늘의 어려움이 있을 때에
인내는 개척자되어
내일의 기쁨을 만든다

참된 기쁨은 많은 인내를 요구하며
인내가 주는 기다림, 고통, 고난을
즐거움으로 맞는다

이길 수 있는 고난과 주님이 주신 인내는
우리의 삶을 연단하여
은혜의 꽃!
풍성히 피우리라.

5. 자비

어둠이 쌓여가는 세상에
밝은 빛을 찾으려는 끝없는 몸부림
자아상실의 시간속에서
이기심과 배타적 생각에 물들어
변할 줄 모르는 안타까움
변화하기만을 바라는
아름다운 사랑이 있으나
받을 줄 모르는 무지 때문에
눈물을 흘리며 돌아서는 사람
가여운 마음이 끓어 넘쳐 덥석 안고 있으나

감각을 상실한 무딘 육체는 제자리에서 맴돌곤 한다
그러나 주님께 한 발자국만 돌아서면
감격할 수밖에 없는 기쁨
크나큰 기쁨이 있다.

6. 양선

자기보다 남을 더 사랑하는 마음이 아침 소식에 실렸다

　　*평생모은 3억 - 장학금 기증

　　*줏은 돈 1억 - 돌려줌

　　*뇌사상태 - 장기 기증

　　*북한 주민 돕기 - 사랑의 쌀

　　*백혈병 - 헌혈의 줄 이어져

-우리 주위에는 사랑의 씨앗으로 가득 뿌려져 있다-

이제 모두가 하나가 되어

나눔의 싹을 키우고 잡초를 뽑고 물을 주어

정성스럽게 가꾸는

선한 사마리아인이 된다.

기도의 손과 어울린

도움의 손길이 아름답다.

7. 충성

하나님을 향한 하나의 굳고 흔들림없는

충직한 하나의 마음

좌우로 치우치지 않고

세파에 유혹됨이 없이

진실된 삶을 향한 뜨거운 마음

온몸, 온 정성으로

절대자에게 가까이 가고자

그칠 줄 모르는 자기의 연단

끊임없이 간구하는 진실된 삶.

8. 온유

길을 잃고 산속을 헤메며

찢기고 멍든 가슴

슬픔을 머금고 눈물 골짜기 내려오다

바위 밑, 너무 고요한 샘물을 만났다

바람이 불어도 흔들림 없고

나뭇잎 앉으면 미소짓고

맺혀진 물방울 떨어지면 자연스레 안아주고

조약돌 던지면 기꺼이 품어주는

너무 고요한 샘물을 본다
샘물 밑바닥 깊은 곳에서
온유, 환희 웃고 있었다.

9. 절제

끝이 없는 욕망의 함정속에서
삶은 몸부림친다
빠져 나오려면 더욱 깊이 빠져들고
움직일 수 없도록 고통의 줄이 감겨온다
그러나 좌정하여 마음을 가라앉히고
두 손 모은 간절한 염원에
하늘의 빛이 비치면
욕심은 사라지고 평안이 깃든다.

終

사랑-희락-화평-인내-자비-양선-충성-온유-절제
이 모든 것은 하나이며
하나가 되어 우리들의 삶에
꽃 피우고 열매를 맺자.

말씀 치료사

Sermon Therapist

말씀의 칼을 잡고 성령으로 절개하여

죄악으로 뭉쳐진 부위를 드러내야 한다

좋은 말씀의 약을 먹여 나쁜 것을 막아야 한다

잘 살고 못사는 것보다

영혼을 살리는 치료가 중요하다

부와 명예와 권력보다

믿음의 권세를 회복시키는 것이 우선이다

물질만이 복이라는 품팔이의 칼은

영혼을 썩게 하고 불못으로 인도할 뿐이다

기적보다 중요한 것은 겸손으로 다져진

굳건하고 간절하게 꿇은 무릎이다

금빛으로 쌓아올린 껍데기에 파묻혀

땡그랑 떨어지는 은빛에 몰두되어

진리의 길을 잃고 방황의 아픔을 주어서는 안된다

주님의 가르침의 칼을 맘대로 녹여

혼탁한 자기 주장을 섞은 거짓의 칼을 만들어
뇌세포에 악령 바이러스를 넣어서는 안된다
오직 변함없이 주님의 길을 따라 진단하고
진리의 가르침으로 처방하여
성령 생명수로 치료하여 달리게 해야한다.

오묘한 말씀

방향을 잃은 나침반

숨막히는 시간들

막혀버린 골목길

탈출해 버린 진리

어둠이 깔린 현실

삶에 지쳐 길게 누워버린 오늘

지쳐가는 오후

그러나 이 사랑

펼--처--진

말씀

지혜있는 자

오묘한 말씀 들으라

아!

진리가 살아 숨쉰다

심장에 박히는

오묘한 말씀.

순교(殉教)

복음의 보혈이 온 세상에 퍼져가고
부활의 증거를 환히 밝히며
믿음을 지키기 위해 기꺼이 받아들인 죽음의 길

주님의 예언성취로 십자가에서 거꾸로 순교한 베드로
X자 형틀에서 죽는 순간까지 설교하며 순교한 안드레
헤롯의 칼에 순교한 사도들 중 최초 순교자 큰 야고보
돌에 맞아 순교한 작은 야고보
로마인 아내를 개종시켜 잔인하게 보복당한 빌립
태형(笞刑)으로 순교 당하고 바다에 던져진 바돌로매
억수같은 화살에 맞아 순교한 마태
우상에 제물 바치기를 거부하다 십자가에서 순교한 시몬
소아시아 여러 곳에서 복음전파하다 순교한 다대오
나무에 매달려 목이 졸려 순교한 맛디아
펄펄 끓는 기름 속에 던져졌지만 기적적으로
죽음을 면하고 밧모섬에서 광물캐는 형벌을 받던 중

환상을 받고 요한계시록을 기록한 후에

에베소로 돌아와 천수(天壽)를 다한 사도 요한

네로 황제에게 고문을 당하고 참수(斬首)로 순교한 바울

믿음을 끝까지 지키자 성전 꼭대기에서 던져져

순교한 예수의 형제 야고보

무수한 돌에 맞아 순교한 스데반

복음을 위해 살아있는 영혼으로 남은 자들

어떻게 죽었는지 보다

굳건히 믿음을 지킨 삶이 귀하다

주님의 부활을 보았다는 증거를 갖고

복음전파에 힘쓴 삶이 귀하다

순교의 피는 복음의 길을 계속 열어가고

복음의 빛이 되어 열방을 향해 비추고 있다

이 순간에도 순교의 씨앗이

복음의 열매되어 열리고 있다.

할렐루야~!

제3부

그날 밤 골고다

기쁨의 계절

모든 이의 마음에 사랑 주시고

모든 것 다 내어 주시고

모든 죄 다 씻어주신 예수

만왕의 왕이라지만

아무 것도 가지신 것 없는

귀한 사랑 하나 마음에 갖고

모두에게 베푼 구속의 사랑

이천 년전 이 땅은

기쁨의 시작을 알리는 아기의 울음으로

모두가 노래하네

♬ 기쁘다 구주 오셨네 ♬

그리고 외치네

성스러운 이날에 기쁨으로

탄일종 울리네

주님 나심을 기뻐하며.

^{2}슈틸레 나흐트(Stille Nacht)

Ⅰ

성탄축제 준비중 파이프 오르간이 고장났다

무반주의 위기, 불안의 고요가 스며든다

살아있는 기타로 새로운 곡을 만들었다

^{3}요제프 모르가 써놨던 시(詩)에

^{4}프란츠 그루버가 즉석에서 작곡을 하였다

성탄축제 세계 문화유산의 멜로디

"슈틸레 나흐트"

Ⅱ

제1차 세계대전 발발 6개월 동안

^{5}프랑드르 지역에서 수십만 명이 죽었다

어느 날 밤, 달빛이 고요를 타고 흐르고

---

2 슈틸레 나흐트 : 독일어로 "고요한 밤".

3 요제프 모르 : 신부 (1792~1848)

4 프란츠 그루버 : 음악선생, 작곡가 (1787~1863).

5 프랑드르 : 제1차 세계대전시 연합군과 독일군의 격전지.

전선은 긴장으로 숨 멎을 듯 한데

독일군 지역에서 부르는 노랫소리

"슈틸레 나흐트"

대치중이던 연합군도 따라 불렀다

누군가 외쳤다

"잠시 사격을 멈추고 휴전하자"

영국군 전직 성악가들이 열창하자 모두 따라 불렀다

전쟁을 멈춘 노래

"슈틸레 나흐트"

성탄트리가 세워지고

촛불장식이 반짝이고 선물이 교환됐다

"도대체 우린 왜 싸우는거죠?"

10여만 명이 총을 내려놓고 고요를 이끌며 부른다

"슈틸레 나흐트"

III

짧았던 고요의 시간이 지나고

다시 참혹한 현실이 몰아쳤다

고요가 사라진 곳에는 폭격이 난무하는 지옥의 밤

의미를 상실한 죽음만이 차고 넘쳤다

잠시 고요의 축제가 있었다는 추억만이

죽음을 타고 역사속으로 흐른 노래

"슈틸레 나흐트"

IV

고요가 흐르는 밤

삶과 죽음을 초월하여

모두를 구원하기 위해 오신 예수

그 어린 주예수 눌 자리없어

⁶구유에 누우신 아기예수

가장 낮은 곳으로 오신 구원자

총칼을 녹어 평강의 고요를 부르자

"슈틸레 나흐트"

---

6 구유 : 가축의 먹이를 담아주는 그릇.

예수님의 마음

예수님이 오셨네
하나님이 사람들을 사랑하사
성령으로 처녀의 몸을 택하여
사람의 모습으로 오셨네
예수님은 태아로부터 젖먹이,
어른이 될 때까지
사람들과 같은 길을 걸으며
사람들을 이해하고 사랑하고
가르치시기 위해 오셨네
하나님이신 예수님은 곧 하나님이시나
하나님 같이 되려고 하지 않으셨네

예수님은 비우셨네
철저히 철저히 비우셨네
사람들을 사랑하사
하늘 왕좌 비우시고 아기로 오셨네

예수님의 비우심을 깨닫고
나를 비워야 진정 예수님의 비움을 알 수 있네

예수님은 낮추셨네
가장 추하고 낮은 여물통에서 태어나셨네
사람들의 죄를 없애 주시려
사람의 모양으로 죽기까지 낮추셨네
가장 악한 사람이 매달리는 십자가에서
오직 사람들을 사랑하사
피와 물을 다 쏟기까지 낮추셨네
예수님의 낮추심을 깨닫고
나를 낮춰야 진정 예수님의 낮추심을 알 수 있네

예수님은 복종하셨네
사람들을 사랑하사
가장 최악의 고통인
십자가의 죽음까지도 복종하셨네
예수님의 복종하심을 깨닫고
나를 복종시켜야 진성 예수님의 복종하심올 알 수 있네

예수님은 지금 이 순간에도

비우시고 낮추시며 복종하시는 것을

우리에게 보이시네.

아버지의 눈물

어린 예수

성령으로 잉태되어 순종으로 태어나

부모를 돕고 동생들을 돌보며

갈수록 효심은 깊어가고

일감을 찾으러 집을 나가면

골목과 시장과 마을을 다니며

어려운 이웃을 돌보고

세리나 군인들의 횡포와

위선자들의 간교함을 보며

세상의 아픔을 가슴에 묻고 눈시울 붉히며

집에 늦게 들어오기가 예삿일

광야에서 돌 다듬으며

세상 유혹 이겨내고

우물물 길으며 구원의 말씀에 젖어들고

밀린 일감 처리로 망치소리 드높아 질 때

"앗, 아파요"

어린 예수의 비명
손끝에서 흐르는 피
온몸은 더욱 뜨거워지는데
닥쳐 올 수난을 생각하며
아버지 요셉, 눈물 흘린다.

진정한 복(福)

처녀의 몸을 통해 세상에 오신 구원자 그리스도

그리스도의 십자가의 고통에서 오는 복

그리스도의 귀중한 피흘림에 흐르는 복

그리스도의 죽음을 이긴 죄 씻음의 복

그리스도의 말씀을 통해 흐르는 생명의 복

- 이를 통해 -

마음의 영(靈)이 겸손하여 천국을 얻는 복

믿음을 지키려는 슬픔과 고통으로 위로를 얻는 복

온화하고 부드러운 삶을 통해 땅에서 얻는 복

옳은 삶을 위해 목 마르도록 힘쓰며 얻는 배부름의 복

불쌍히 여겨 돌보므로 내가 돌봄을 받는 복

마음의 영(靈)이 깨끗하여 하나님을 보는 복

더불어 샬롬을 이루어 하나님의 자녀가 되는 복

믿음의 옳음을 위해 핍박을 받으므로 천국을 얻는 복

- 이를 통해 -

기쁘고 즐거운 상(賞)이 천국에서 해 같이 빛나리라.

영혼(靈魂)의 아름다움

영(靈)과 혼(魂)과 육(肉)을

선하게 지음 받은 처음 사람 아담

선악을 아는 열매를 먹은 후

정욕과 자랑의 길을 찾아다니는 혼이 되어

유혹에 약한 존재가 되었다

주님은 영과 혼과 육이 온전히 구원받기를 원하신다

영적(靈的) 능력의 빛

성령님으로부터 받은 영의 한번 구원은

영원한 구원이며 곧 믿음의 시작이고

주님의 자녀가 된 것이다

영과 혼이 하나되어 가야하나

거듭나지 못하면 영이 죽으므로

혼의 자아(自我)만으로 살아간다

살리는 것은 영이며 육은 무익하기에

새마음으로 거듭나서

새로운 빛을 주시는 주님의 마음과 하나가 되야한다
그 빛이 기록하는 생명책
성령의 갈급함을 채우는 생명수
주(主) 되시며 예수시며 그리스도를 믿는 믿음의 빛
그 빛이 평화의 터전 새예루살렘으로 인도하리라

태중(胎中)에서 지음받은 혼의 빛
영혼이며 마음이며 육이며 선물이다
육체의 영향으로 죄성(罪性)이 있기에
유혹의 길에서 악령을 만나면 방황한다
육신의 생각을 버리고 영의 생각을 가져야 한다
혼의 자아로는 영의 자아를 희미하게 알 뿐
성령의 기름 부으심이 없으면 결코 설 수 없다
혼을 통하여 영을 인식하며
마지막 때에 끝까지 견디면 혼의 구원을 얻으리라
믿음의 시작과 끝에는 혼의 구원이 있다

온전한 모든 것이 올때에는
부분적으로 알던 모든 것은 사라진다
이생을 마칠 때 몸은 흙으로

영과 혼은 낙원으로 들어간 후

주님 다시 오실 때

영과 혼이 신령한 부활되어 태어난다

성령께서 사람의 영을 다스리고

사람의 영은 혼을 다스리고

혼은 육을 다스린다

영, 육, 혼 - 온전히 구원받는 길은

오직 주 예수 그리스도를 믿는 믿음뿐

그것이 영혼의 아름다움.

그 길로

오늘도 길을 나선다
세상의 길
밀림같이 앞이 보이지 않고
미움과 증오가 가득찬 길
죽고 죽이며 갈등하는 길
물질과 향락에 도취된 길
옛적부터 지금까지 습관처럼 다니며
죄악조차 모르는 길

"나는 길이요"
새로운 길을 내시는
삶의 개척자를 따라
새로운 길을 나선다
탐욕이 사라진 베푸는 삶의 길
섬김과 배려가 넘치는 길
이웃 사랑, 원수 사랑의 길

"나는 길이요"

새로운 길을 내신

사랑의 길 안내자를 따라

사망권세 이기는

생명으로 향하는 길

나를 내려놓고 그분이 지셨던

십자가의 길

그 길로.

자국마다

홍포가 핏빛으로 더욱 물들어진 자국을 보며
내가 죄인임을 깨닫습니다.
벗겨진 수치의 자국을 보며
내 삶의 부끄러움을 고백합니다
가시관을 쓰신 고통의 자국을 보며
만왕의 왕이신 주님의 사랑을 배웁니다.
갈대마저 흔들리며 외면하는 자국을 보며
흔들리는 내 믿음을 되돌아 봅니다.
얼굴에 뱉어진 치욕, 조롱의 자국을 보며
주님을 외면했던 내 얼굴을 봅니다.
채찍에 맞은 고난의 자국을 보며
어렵다고 짜증냈던 내 모습을 회개합니다.
십자가를 지고 오르던 길에 새겨진
세상이 만든 죄의 자국을 보며
온 세상에 뿌려진 은혜의 씨를 봅니다.
손과 발에 못박힌 자국을 보며

죄로 뚫려진 허망한 내 삶을 돌아봅니다.
허리에 깊이 박힌 창 자국을 보며
피와 물을 전부 쏟으시기까지 사랑하신
주님의 모습을 봅니다.
자국, 자국, 그 자국마다 이루어 주신
구원의 빛을 봅니다.

십자가

1

내 슬픈 눈동자에 서러있는 찬란한 영혼

흑암으로 뒤덮은 아우성 속 가시덤불이여

죄악 이기는 마지막 외침 품었어라

시간마저 멈추어 버린 순결한 피

세상 적시며 구원 이루는 새로운 숨결

다시 오실 그 날

내려지며 펼쳐지는 사랑이여.

2

골고다의 절규

최악으로 물들어진 최악의 절망을

최고의 선(善)으로 빚어낸

또 하나의 창조

사랑의 마지막 살과 뼈

피와 물 그리고

생각까지도

무참히 묻혔던 죽음의 시간들

그 시간속에서

피어나는 새로운 싹들

기적! 기적을 부르며

진리의 강물이 넘친다

파도를 친다

하늘과 땅을 이어주며

포근히 두 팔 벌린 은혜

내려지는 사랑이어라

뿌려지는 축복이어라

널리 퍼져가는 구원이어라

아! 골고다의 사랑

그 승리의 십자가.

3

흑암의 광란이 걸린 꼭대기에

구원의 빛이 마지막

한 방울 속죄함까지 쏟아냅니다

가시에 핀 붉은 꽃은 더 이상

붉을 수 없어

검은 눈물을 흘립니다

바람도 소스라치며 멈칫 거리다가

차가운 침묵을 삼키며

땅속으로 스며듭니다

손-발-허리는 이미 꿈을 잊은지 오래

하늘과 땅을 향해

가야할 길을 가르킵니다

버려짐과 따르심으로 굳어져가는

심장의 마지막 외침이

모두의 심장에서 새로이 꽃이 됩니다

모든걸 맡기며

모든걸 떠안은 고난은

내가 품어야 할 열정입니다

나는 오늘도

십자가 앞에 눈물의 무릎을 꿇습니다.

"주님, 십자가 은혜에 무한 감사합니다."

그날 밤, 골고다

태초에 빛이 흑암속에 묻혀버린 오후

일찍 시작된 밤으로

피-땀-눈물

바짝 말라 엉켜 더 이상

흐느낌도 없는 고요함

죄 있음이 죄 없음을 모르는 무지(無知)의 소란함도

판 자와 산 자의 입다뭄에 담겨 닫혀지고

어찌 할 수 없는 양떼들 흩어져

소리없이 우는데

갑람의 결사적 기도는 가야 할 길만 알려 주셨네

찢겨진 휘장 사이로 내민

진분홍이 흰눈되어 밤을 밝히는데

더 이상 나아갈 수 없는 어둠의 경계선

다듬지 않은 나무이기를 거부한 십자가는

내가 지고 가야 할 삶의 무게

목적지 도착을 알리는 승천의 예고는

다·이·루·었·다

주신 새로운 빛의 시작인 것을.

-한국기독교문화예술총연합회 주최
제3회 신앙시 공모 특별상 수상작.<1999. 6. 4>-

가상칠언(架上七言)

1. 영적무지(靈的無知), 그 안타까움

누구인가

정욕에 눈 어두워 배만 불리는 무리들

결국 죄를 품고도 죄를 모르는 무지함으로

사망의 길로 나가는도다

수천 년 전 예언의 소리있어

그 말씀 이루려 오신 어린 양

메시야를 기다리며

오신 메시야를 모르는

아니, 도무지 알려고 하지않는 구속의 메시지

죄를 사하시려 전파되는 사랑의 메시지

판 자와 산 자의 침묵에 담긴 고통의 수레바퀴

고함과 무관심 속에 담긴 어찌할 수 없는 고난의 길

조롱과 채찍

피가 튀며 살이 떨어져 나가고

뼈가 훤히 보이는 핍박

내가 져야 할 십자가 대신 지시고

단 한마디 말도 없이 고난의 언덕을 걸으신 주님

아! 세상 죄를 지고가는 어린 양

골고다, 그 해골의 곳

구속의 자유를 모르고

메시야이심을 모르고

최고의 사랑을 모르고

죄 없으신 주님은

가장 큰 죗값을 치루고 계시네

가장 큰 저주 받은 자가 매달리는 나무에

사랑으로 오신 주님이 매달리는데

희롱 호기심 제비뽑기가 웬말인가

대못과 망치소리가 내 마음을 찢을때

인류의 죄값과 고통을 온몸으로 감당하신 주님

유대인의 왕 나사렛 예수가 아닌

구원의 주 사랑의 예수시라

무지의 함정속에서 헤메는 그들

죄를 전혀 모르는 그들을 향한 주님의 말씀

『아버지, 저들을 용서하소서!

그들은 자기들이 무슨 짓을 하는지 모릅니다』

이 기도로 회심의 감격을 누리고 있는

우리들 그리고 그 옛날 유대인도 바울도.

2. 낙원(樂園), 그 사랑의 선물

죽음의 그림자는 점점 다가오는데

고통은 점점 더해 가는데

곧 돌아가시게 될 순간인데

무지의 용서의 기도를 듣고

회개한 한 강도

신비한 힘을 깨닫고

다른 강도에게 주님의 죄 없음을 알려주건만

깨닫지 못하는 무지(無知)의 죄로

조롱하는 어리석음

회개한 자와 회개하지 않은 자

영생과 영벌로 갈라지네

주님, 주님의 나라에 들어가실 때 저를 기억하소서

주님을 향한 간절한 회개의 기도

최악의 고통속에서도 마지막까지 주시는

사랑의 선물

『진실로 너에게 말한다.

오늘 너는 나와 함께 낙원에 있을 것이다』

하나님 나라에 대한 분명한 소망을 주신 주님

지금 당장의 죽음에도 구원의 길로 달려 갑니다.

3. 효도(孝道), 그 마지막 당부

어머니 마리아, 이모 살로메, 글로바의 아내 마리아

막달라 마리아 그리고 한 제자,

주님이 애틋하게 사랑한 세베대의 아들 요한

모두들 슬픔이 뼛속 깊숙이에서 몸부림치는데

주님의 어머니 마리아를 위로하는

사도 요한을 보신 주님

사람의 아들로서 남기신 마지막 당부

　　『어머니, 어머니의 아들 요한을 보세요.

　　요한아, 내 어머니를 이제 네 어머니라고 생각하고

　　귀히 모셔야 한다.』

육체에서 영체로 변하는 그 순간

교회와 백성이 하나되게 하시며

사람에게 주신 첫 계명 부모공경을

죽음의 목전에서도 실천하시니

주님, 주님은 모든 가정의 표본이십니다.

4. 절규(絶叫), 그 버리심

죄악을 남김없이 감당하기 위해

고통을 줄이는 쓸개 탄 포도주를 거부하시는 주님

낮 열두 시쯤

태양을 삼킨 어두움이 온누리를 덮는다

휘몰아치는 매서운 바람소리

당장 삼킬 것 같은 세상 죄의 소용돌이

무섭게 들려오는 소리 소리들

두려움이 엄습하며 흩어지는 무리들

그러나 끝까지 자리를 지키는 믿음의 지체들

해가 빛을 잃은지 세 시간

완전한 빛인 생명의 말씀과 은혜가

죄악의 어둠으로 가리울 때

저주가 되신 주님의 절규

　　『나의 하나님, 나의 하나님,

　　어찌 어찌 나를 버리시나요』

실제 하나님이시나 죽기까지 하나님께 복종한 분

죄가 전혀 전혀 없지만

세상 죄를 모두 지신 철저한 죄인으로

하나님의 버림을 받았으나

버리므로 다시 살아나게 된 대속(代贖)의 은혜

골고다의 어두움이 사라지고

참평안과 구원의 햇살이 우리 삶에 넘칩니다.

5. 갈증(渴症), 그 저주의 목마름

고요만이 남아있는 곳

소리없는 뜨거운 아우성이 깔리고

간간히 내어놓는 지체들의 흐느낌

최악의 고통을 온몸으로 받았지만

사라지는 죄악을 보며

성령의 생수를 온누리에 주시는 주님

사랑을 위해 저주를 받으시나

그 저주가 주는 목마름에

주님의 사랑이 담긴 갈증의 외침

　『목이 마르구나』

주님의 사랑을 우리의 삶에 나타내도록

우리들은 사랑의 목마름안고

서로 부둥켜안고 기도합니다.

주님, 사랑해요.

6. 승리(勝利), 그 영혼의 결정체

세상 죄로 엉켜진 모든 것들이

풀려나야 할 시간

저주를 받은 육체는 사라지고

성령이 주는 영혼의 아름다움이 펼쳐져야 할 시간

절망의 외침이 아니라 승리의 외침이며

아름다운 영혼을 이루는 외침이라

이제 끝났다

고난도 아픔도 땀도 육체도 그리고 피 까지도

오직 남은건 진리뿐

최고의 승리로 이끈 최고의 진리의 외침

　『다 이루었다.』

이제 더 이상 십자가에 못박을 수 없고

오직 주님의 심판만 기다려야 할 뿐

주님, 주님을 구주로 믿고 영생의 길로 나아갑니다.

7. 완성(完成), 그 새로운 시작

마지막까지 순종의 본을 보여주시며

인간의 모습을 버리시고

영혼이 떠나시며 외친 마지막 말씀

『아버지, 아버지

　내 영혼을 아버지의 손에 맡깁니다.』

예루살렘 성전의 휘장이 두 갈래 찢어지고

지축이 흔들리며

거대한 바위가 갈라지고

옛 모습의 제사가 사라지고

세상의 무덤이 열리며 잠들었던 옛 성도들

부활의 영체를 보며

영혼의 아름다움을 품고

새로운 세상의 시작을 바라본다.

그리스도의 보혈을 안고

오직 그 믿음만 소유하면

주님 주시는 영광과 특권으로

아버지께 담대히 나아가리라

성령이 주는 최고의 기쁨을 안고

늘 새로운 시작의 마음으로.

죽음 너머 저편

금요일, 숨 멎음은

흰 옷 입은 새생명으로 거듭나기 위한 마지막 여정

금요일 한낮의 어두움과 일요일 여명(黎明)사이

죽음이 뒤덮은 흑암의 흐름속에서

연약한 육신은 죽었지만

부르심으로 다 이루신 성령의 열매들이

숨 죽이며 익어가는데

아직 낙원에 들어갈 수 없기에

불순종의 엉겅퀴가 몸부림치며

사망의 음침한 옥(獄)에 갇힌

영(靈)을 살리기 위해

부활의 새싹에 생명수를 뿌려

헛된 믿음을 사라지게 하고

산 소망의 참된 믿음을 키워

죄의 사슬을 벗어 던지고

새 하늘과 새 땅의 백성의 권리를 주고자

죽음을 이기고 성령으로 온전히 다시 사셨으니
다시 오실 그날 맞이하리.

본향(本鄉)을 향해

사람은 누구나 죽는다

죽음 앞에서 누구나 평등하다

생전에 경험할 수 없으며

언제 어디서 어떻게 죽을는지 모른다

아무도 대신 죽을 수 없다

누구나 빈 손으로 떠난다

살아가는 대책은 세우면서

죽음의 대책은 세우고 있는가?

죽음의 대책이 없다면 대책이 없는 삶이다

죽음이 두려운가?

두렵다면 죽음의 세력인 마귀에게 잡힌 자이다

예수님이 오신 것은 죽음을 두려워하는 자들을

죽음에서 놓아 주시려 오신 것이다

이 땅에서 육신이 무너지면

하늘의 영원한 집, 본향이 기다리고 있다

사람들이 태어난 고향은 다르지만

본향은 동일하다

본향을 믿고 사는 사람들은 모두가

성령이 함께하는 성령(聖靈)가족이다

죽음의 두려움을 이기는 담대한 신앙으로

흔들림 없이 살아야 한다

우리는 모두 본향으로 가기 위해

죽음을 기쁘게 맞이하는 성령충만한 성도이다

늘 찬송 부르며 본향을 준비하자

[7]"보아라 즐거운 우리집 밝고도 거룩한 천국에
거룩한 백성들 거기서 영원히 영광에 살겠네

앞서간 우리의 친구들 광명한 그집에 올라가
거룩한 주님의 보좌앞 찬미로 영광을 즐기네

우리를 구하신 주님도 거룩한 그집에 계시니
우리도 이세상 떠날때 주님과 영원히 살겠네

---

7 보아라 즐거운~ : 찬송가 235장 가사

우리의 일생이 끝나면 영원히 즐거운 곳에서
거룩한 아버지 모시고 기쁘고 즐겁게 살겠네

거기서 거기서 기쁘고 즐거운 집에서
거기서 거기서 거기서 영원히 영광에 살겠네."

제4부

아름다운 날

기도 (1)

달걀 속 병아리가 신호를 보냅니다

"세상을 보고 싶어요"

톡, 톡, 톡

엄마 닭이 날개를 모으며 말합니다

"좀 더 쪼으렴"

병아리는 더 힘차게 쪼아댑니다

살짝 금이 가기 시작합니다

엄마 닭은 병아리가 쪼은 자리를 보고

밖에서 쪼아줍니다

병아리는 안에서 자기 힘을 다하고

엄마 닭은 밖에서 새로운 환경을 만듭니다

병아리는 엄마 닭이 밖에서 쪼아 줄 것을 믿고

엄마 닭은 병아리가 안에서

최선을 다할 것을 압니다

껍질의 경계를 허물기 위해

두 존재가 하나가 될 때

새로운 세상이 신비를 품고 열립니다.

기도는 내 욕구를 채우는 것이 아니라
먼저 나의 죄의 껍질을 깰 수 있도록
회개의 격랑 속에서 몸부림 칠 때
하나님은 죄의 껍질을 부수며
변화된 나를 안아 주시는 사랑의 응답입니다.

기도 (2)

무릎꿇고 눈 감으면

내려앉는 고요함

간절한 염원은 두 손 안에 모아진다

꿈틀대는 사리사욕 눌러 잠재우고

평정을 되찾으려

뒤흔들던 머리에서

세파의 부스러기가 떨어진다

인간의 생각으로만이 아닌

주님의 편에서 외치면

도우시는 주님

아무도 모르는 사이에

천사들의 노래가 울려퍼진다.

아!

하늘의 영광이여!

아멘~ 아멘~ 아멘~.

야베스의 간구(懇求)

어머니가 [8]『수고하여 낳은』아들

아버지의 영향력은 없고

물려받은 재산도 없고 궁핍한 살림살이에

그 이름의 의미대로 고통과 슬픔의 삶이었네

어머니의 목숨 건 기도로

신앙의 뿌리를 깊이 내려

형제보다 귀중한 자 되었네

하나님을 향한 간절한 기도

창조주를 깨달아 알고

그 뜻을 통하여 초자연적인 섭리와

하나님이 주시는 은혜의 깊은 강에 들어가는

"이런 복(福)에 복을 더하여 주소서"

---

8 『수고하여 낳은』: 야베스의 의미이다.

믿음의 삶을 통해 귀하게 쓰임을 받고
어려움을 이기도록 기회의 문을 열어주사
견고한 신앙으로 변화되어가는
"내 지경(地境)을 넓혀 주소서"

주님의 권능만이 나를 살리며
주님의 음성이 내게 빛이 되어
나의 영혼까지 맡기오니
"주의 손으로 나를 도우소서"

모든 고통과 슬픔이 사라지는
⁹샬롬의 길을 걷도록
"환난을 벗어나 근심이 없게 하소서"

오직 주님만이 나의 삶에
주인되심을 고백하는 그에게
구하는 모든 것을 허락하셨네.

---

9 샬롬 : 히브리어로 평화, 평안을 의미한다.

새벽

시작을 의미하는
가슴속 노래인 듯
마음모아 하늘 열면
다가오는 하얀 선율
푸른 날개 역동 몸짓
온몸을 휘감는다.

어명으로 대화하는
거룩한 고요함
두 손 모은 가슴으로
맞이하는 의욕들
나를 찾아 나서는
빈 길 걷는 이 마음.

새벽기도

고요함이 적셔주는

상념의 시간을 찾아

내려진 침묵 사이로 다가오는 간절함

자아상실의 시절에 태어난

육신의 안타까움을 떨치고자

심중 깊숙이 쌓였던

…가슴속의 속삭임-미련

…울부짖음-고통

…도란도란 대화-행복

…삶의 뜨거운 외침-욕망

…새로운 여정-희망

고뇌들이 활화산처럼 터진다

청량감을 더해주는 새벽 공기는

시원한 속마음에 상큼함을 심는다

새벽을 여는 마음은

또 다른 새벽을 기다린다

간절함으로.

주님이 가르쳐 주신 기도

지금까지 몇 번을 기도했을까?

그래서 그 기도대로 살아왔는가?

주님의 가르침이 담겨있고

주님의 제자되기를 원하시며 가르쳐 주신 기도인데

생각없이 외워지는 대로

마음에 없이 습관처럼

예배를 마치며 급한 마음으로 입술로만 줄줄…

나의 삶에 아무런 변화가 없다면

주문(呪文)에 지나지 않았을까?

우루과이의 한 작은 성당에 있는 주기도문을 읽으며

가르침 대로 살고자 몸부림 친다

"하늘에 계신" 하지 말아라

세상 일에만 빠져 있으면서

"우리" 하지 말아라

너 혼자만 생각하며 살아가면서

"아버지여" 하지 말아라

아들 딸로서 살지 않으면서

"이름이 거룩히 여김을 받으시오며" 하지 말아라

자기 이름을 빛내기 위해서 안간 힘을 쓰면서

"나라가 임하시오며" 하지 말아라

물질 만능의 나라를 원하면서

"뜻이 하늘에서 이룬 것 같이 땅에서도 이루어지이다"하지 말아라

내 뜻대로 되기를 기도하면서

"오늘 우리에게 일용할 양식을 주시옵고" 하지 말아라

가난한 이들을 본체 만체 하면서

"우리가 우리에게 죄 지은 자를 사하여 준 것같이 우리 죄를 사하여

주시옵고" 하지 말아라

누구에겐가 아직도 앙심을 품고 있으면서

"우리를 시험에 들게 하지 마시옵고" 하지 말아라
죄 지을 기회를 찾아 다니면서

"다만 악에서 구하시옵소서" 하지 말아라
악을 보고도 아무런 양심의 소리를 듣지 않으면서

"아멘" 하지 말아라
주님의 기도를 진정 나의 기도로 바치지 않으면서

하나님 나의 아버지,
삶을 마치는 순간까지 이 기도대로 살게 하소서
주님이 가르쳐 주신 기도가 나의 삶이 되기를 간구합니다.

주 되심

내 삶의 주인 되시는 예수님
입을 열어 나의 구주로 고백하면
구원의 환희가 감싸며
성령이 임하니 성도가 된다

인생의 주인이 바뀐다면
삶도 바뀌는 것
갈등이 화평으로 바뀌고
막힌 담을 헐어 용서와 사랑의 꽃 피우며
하나되어 거룩의 빛 찬란하다

내 삶의 주인되시는 예수님
무엇보다 기쁨이 먼저 넘친다
예수님으로 기뻐하며
예수님 때문에 기뻐하며
예수님 안에서 기뻐한다

모든 만물의 주인되시는 예수님 앞에
나의 시간과 재능과 물질, 건강까지도
주님으로부터 왔음을 고백하며
주님 뜻에 따라 쓰여지길 기도한다

예수님이 주인이시기에
나의 주 되심을 늘 인식하며
순종의 길을 걷는다
백 개중 하나라도 불순종이면
결국 불순종이기에
온전한 순종을 위해 달려간다

부활하신 예수님이 주인되셔서
나의 하나님이 되시며 구원을 이루니
구원에 이르니 지혜가 성경에 있기에
세상의 헛된 철학이나 속임수를 버리고
성경대로 살면서 부활의 증거를 전한다

나를 자녀 삼으신 예수님
나의 친구가 되어주신 예수님

나의 아버지가 되어주신 예수님

아버지가 일 하시니 나도 일한다고 하신 예수님

내 십자가 지고 동역자되어 예수님을 따른다

주 되신 예수님의 빛이 내 삶에 비추니

내 주위 모든 것과 더불어 그 빛을 나눈다

세상의 법을 잘 지키고

억울함에도 미워하지 않고

일터에서 주 되심의 향기를 나누고

가정에서 주 되심의 사랑을 나누고

교회에서 주 되심의 은혜를 나누고

생활 속에서 주 되심의 소망을 나누며

무슨 일이든 주께 하듯 한다

오늘도 하루를 시작하면서

주 되신 예수님 앞에 구별된 시간을 드린다

묵상하며 하루를 계획하고

기도하며 주님의 뜻을 분별하며

거룩한 순종의 삶을 위해

성령 안에서 호흡하고

성령 안에서 걸으며

그리스도를 닮아가며

주님의 다스림을 의식하며

변함없는 예수님의 마음을 품는다.

아름다운 날

새벽,
찬란한 빛이
창문을 두드리면
내 영혼 감싸주시는
주님의 사랑 앞에 무릎 꿇습니다.

아침,
싱그러운 바람이
보금자리에 머물면
내 삶의 주인되시는
주님의 손길 꼭 잡습니다.

저녁,
신비한 석양의 노래가
내 삶을 물들이면
숱한 사연 묻어두고

주님앞에 나아갑니다.

밤,
고요함으로
모든 것 품어 주시며
두 팔 벌려 기다리시는
주님 품에 안깁니다.

하늘

푸르름

오랫동안 보노라면

파랗게 물들어 버린 내 마음에

화사한 날개 달린

빛이 찾아 들어요

기쁨의 소리가 울려 퍼져요

끝을 알 수 없는

그 어느 곳으로

빠져 들어가는 형언할 수 없는

고요함이 있어요

난,

푸른 날개를 달고

하늘을 훨훨 날아요

내가 하늘인 듯

하늘과 하나되어

하늘나라에서 행복을 누리고 싶어요

천사들과 함께.

별을 보며

별을 보면

방황하는 뜨거운 심장속에

은혜가 쏟아진다

은하수를 그려보며

은혜 충만을 갈망한다

때 묻지 않은 간절한 순수함으로

내가 나를 허물면서

무릎꿇고

별들을 세워본다

별 하나에 은혜 반짝

별 둘에 은혜 찬란

별 셋에 은혜 충만.

수련단상(修鍊斷想)

1
물
흐름 속에
올려지는 선율
산
깊음 속에
내려 앉는 간절함

물 흐름
산 깊음 속에
나(我), 또 다른 나
변화된 나를 만난다.

2
어제와 다른 아침

새로운 빛을 본다

어제보다
더 일찍 깨어난
생각을 만난다

꿇어 엎드린 온몸에
내려앉는 사명감
새로움으로
새롭게 되어진 나

3
밝은 햇빛아래
해맑은 미소들
은혜 머금고 한 마음 되어
모래 발자국 보다
깊은 아래
깊은 심신을 묻고
높은 하늘 보다

더 높은 위에

높은 영광을 드린다.

4

좋아

왠지 좋아

모든게 좋아 보인다

설레임, 재잘거림, 덜컹덜컹, 피곤,

가벼움 아픔, 꿈결, 새벽기도,

특강, 식도락, 선율, 물장난, 모래장난,

소년, 소녀, 아쉬움, 불, 미련, 성숙된 나…

피곤함 속에 따스함이 움직인다.

5

설렘과 기대를 품고 내달린다.

녹색 물결은 녹아내리고

파란 날개는 더 파랑되어
파르르 새털구름을 만든다

마음 정좌하고 눈(眼)들어
주위를 살피고 마음을 열어
하늘 땅 물을 포옹하면
오묘한 진리로 엮어진
창세의 신비로움이 촉촉히 적서진다.
그리고 한없이 끄덕이는 뇌파들

양떼들 몰려오면
겉치레 첨벙첨벙 던져버리고
새로운 생각으로 물들인
흰옷으로 갈아 입는다.
새벽안개 내려 앉을때
생각 낮춰 나를 낮추면
창조주의 사랑이 감싼다
어제의 나를 버리고
새로운 나를 감싼다.

산

늘 엄숙하다

그러나 서서히 움직인다

경쾌함과 신바람의 멜로디가

산을 선(線)이 되게하고

선(線)따라 음(音)이 살아난다

음색따라 산이 움직인다

무엇을 먹을 수 있다는 것만으로도

행복하다

신선한 공기가 스며있는 공기밥에

웃음으로 버무린 반찬은

최초의 만찬

풍성한 포만감

밤의 어둠을 이겨낸 불

마지막 시간 잡으려

허공을 가르며 불꽃이

꽃망울을 터트린다

리듬, 율동, 환호가 어울려

경쾌함을 누린다
만끽한다
모두 버리고 우리만 남는다

마지막 어둠속으로
아쉬움은 깊어가고
껍데기 벗은 우리들은
진실함을 낳는다
그리고 결단한다.

주님
사랑해요.

볼 수 있는 것에

겉으로 드러난 것에

모든 것을 걸고

희노애락으로 수(繡)를 놓는다

선과 악이 공존하며

감추고 있는 진리를 잊은채

먹음직 보암직

지혜롭게 할 만큼 탐스러움에

넋 잃고 맞이한 고통

삶의 아픔이 시작된다

보이는 것에

온몸을 던지면서

삶의 행복을 잡으려고 하지만

던져진 몸 속에서 꿈틀대며 뻗어가는

만(万) 가지 악의 뿌리를 애써 외면하는 삶

그렇다

보이는 것보다

볼 수 있는 것을 사랑해야한다

보이는 아름다움보다

볼 수 있는 진리를 갈구해야 한다.

보이는 환락보다

볼 수 있는 은혜에 젖어야 한다

보이는 물질보다

볼 수 있는 혜안(慧眼)을 가져야 한다

보이는 군상(群像)보다

볼 수 있는 의인을 찾아야 한다

보이는 나(我)보다

볼 수 있는 자아(自我)를 가져야 한다

보이는 껍데기를 버리고

볼 수 있는 진정한 구원을 찾아서

무릎을 꿇는다

눈을 감는다 그리고

가까이 다가선다

주님께.

오직 하나의 길

숨쉬는 동안 염려도 살아있다

욕망에 길들여진 심신(心身)은 어디론가 끌려간다

발길 끊어진

알 수 없는 목적지에도

인적의 냄새가 끈적인다

버려진 곳에도 버릴 수 없는

인욕(人慾)의 사슬들이 당긴다

모으고 끌어안고 첩첩이

쌓아 올려진 욕망의 탑에

사망의 그늘이 던져진다

발버둥에서 발광으로

고통에서 발악으로

찢기고 갈겨진 숨소리에

허무. 허탈. 무념. 고독. 절망

뿌려지는 잔해들

그러나 한 가닥 줄을 당길 때

당겨지는 구원의 손길

모든 것을 버릴 때

모든 것이 새롭게 얻어지며

버려진 곳에서 버릴 수 있는 자만의 노래

흘러나오며 솟구치며

낮아지고 낮아지며 더욱 낮아져

더 낮아질 수 없을 때 까지

다시 낮아져

자신을 버릴 때

들려 올려지는 영광

오직 그 빛 있으리라.

생명의 길

존재의 가치
말씀으로 시작되어
말씀으로 끝을 맺는다

알려주고 깨닫게 해 줄
길을 따라
무조건 마음을 열고
순수함으로 떠나면 된다

자기 생각의 방주를 쌓고
깊고 짧음을 측정하고
높고 낮음을 만들고
뜨거움과 차가움을 골라 채우는 삶은
파멸의 길을 재촉할 뿐

자신을 낮추고 낮추며

겸허한 마음으로 생각하고
믿음을 채워 거듭남으로
하늘 빛으로 향하는 길
그 길,
생명의 길을 가야한다.

신앙의 길

빛이 있으라

빛은 말씀이고 생명이다

말씀으로 세상을 만드시고

사람에게 생령(生靈)을 불어 넣으시며

지혜와 감성과 자유의지를 갖게하사

하나님의 동역자로 삼으셨네

세상만물을 다스리게 허락하시며

해와 달과 별을 운행하셔서

빈틈없는 조화로 아름답고 오묘한

지상낙원을 이루어 주시니

지금도 창조신앙의 길을 걷고 있네

항상 자기 백성들과 함께 하신다며

이름까지도 임마누엘이라 지으시고

처녀의 몸을 통해 우리에게 오셨네

세상 끝날까지 같이 하신다는 약속을 안고

지금도 임마누엘 신앙의 길을 걷고 있네

죄악으로 물들어 가는 세상을 보시고

우리의 죄를 구하시기 위해

하나님이 사람이 되어 세상에 오셨네

사람들과 같은 삶을 사시며

구원의 복된 말씀을 전하셨네

구속(救贖)의 역사를 이루시기 위해

죄가 전혀 없으신 주님이

가장 흉악한 죄인이 받는 십자가 형틀에서

보혈(宝血)을 다 쏟으시기까지 사랑하셨네

십자가 사랑이 너무도 크시니

지금도 십자가 보혈의 길을 걷고 있네

세상 모든 죄의 제물이 되셔서

거룩한 죽음으로 죄를 깨끗하게 하신 주님

장사(葬事)되어 지옥까지 내려가서서

사랑의 복음을 전하시고

사흘만에 사망권세 이기시고

완벽하게 다시 사신 주님

부활은 새로운 역사의 시작이며
전에도 없고 앞으로도 없을 하나님 은총안에서
영원히 남아있는 사랑과 감사이오니
부활이 없다면 우리의 전도와 믿음은 헛되기에
지금도 부활신앙의 길을 걷고 있네

부활하셔서 40일간 세상에 계시며
올라갈 때 그 모습 그대로
다시 오시겠다고 하신 주님
어느 때 오실지는 주님만 아시며
다시 오실 그때
죽은 자는 다시 살아 심판을 받고
살아있는 자는 양과 염소로 구분되어
양은 살아서 하늘나라로
염소는 버림을 받으리라 하셨네
오직 예수, 오직 성령, 오직 믿음 안에서
충성된 종이 되고
슬기로운 처녀처럼 천국 기름을 준비하며
늘 풍성한 무화과 열매되어
주님 오실 때를 준비하고 있으니

지금도 재림신앙의 길을 걷고 있네

창조-임마누엘-십자가보혈-부활-재림
이 모든 신앙의 길이 온전히 하나되어
우리 모든 삶을 채우리라.

의인의 길

알아 주려고 하지 않는

알아 주기를 바라지 않는

냉엄한 길을 선택하면

좁고 험하며

외로운 길이 나타난다

강한 믿음이 주는

신념과 집념을 안고

굳건히 떠나야 하는 길이기에

곁눈질없는

오직

신앙만을 위한 길

걱정, 염려, 삶과 죽음---

모두 사라지고

옳은 길을 간다.

제5부

가나안 소묘(素描)

기쁨

마음

깊숙한 곳에서

솟구쳐 오르는 열기

환희로 이어지는

뜨거운 몸부림

성령충만한 믿음

촉촉이 적셔진

육체의 감동

어제의 역경을 이겨낸

오늘의 말씀

오직 말씀으로만

열리는 열매.

마음

끝없이 펼쳐지는

나의 마음에

아름다운 소리로 엮어진 사랑을 그릴래요

사랑을 간직한 마음으로

만물을 새롭게 보겠어요

벗, 생활, 꽃, 공부, 믿음…

모두를 예쁘게 엮어

마음의 방에 커튼을 달겠어요

커튼 밖에 있는 어두움이

다가오지 못하고 사라지도록

나의 방을 더욱 환히 비추겠어요

이제,

불안 긴장 초조가 사라지고

환희와 함께 기도의 불꽃이 퍼져

무지개를 이루어요

아!

마음에 평화가 넘쳐요.

순종

어느 화창한 날 오후

한 입 깨어문 사과의 단물이

목젖에서 울렁거릴 때

생각은 갈등의 숲속에서 [10]그루잠을 청한다

심중(心中)의 부름은 거부의 몸짓이 되어

선악을 오가며 죄악을 잉태한다.

나를 나 되게 하는 거룩한 은총을 잊은 채

내가 나를 세우며

비울 수 없는 목마름 안고

더 채울 수 없는 욕망의 안타까움으로

혼돈의 탑만 쌓으려 한다

붉은 해초가 뒤엉켜

더 이상 나아갈 수 없는 곳에서

심장의 탄식만이 깊은 파도에 묻히고 있다

---

10 그루잠 : 깨었다가 다시 든 잠.

자신만의 성(城)을 쌓고

거침없이 달려온 시간들

초침(秒針)의 코뚜레에 걸려 뒤돌아보다

소금기둥이 되서야 멈추려는가

별마저도 깊이 잠든 흑암속에서

등불을 외면한 성문(城門)은 열리지 않는데

두드려 무엇을 얻으려는가

헛된 죽음을 향한

괴로운 11우금을 벗어나

영생을 위해 삶의 각도를 낮추고

섬김을 향한 뜨거운 슬픔의 중량으로

울음마저 곤비(困憊)하여 낮아지고 낮아질 때

내게 열리는 창(窓) 그리고 빛

견고한 성(城)은

이미 오래전부터 예비되어진

순종의 발걸음이

가슴에 닻을 내릴 때 무너지리라.

---

11 우금 : 시냇물이 급히 흐르는 가파르고 좁은 산골짜기.

지혜

살아 움직이며

생동감 있게 만들어 가는

생활 속의 금자탑

지식을 앞서가는

놀라운 생각

책 속의 길보다

삶 속의 길의 열매

차곡차곡 쌓여지는

삶의 근원들

학문이 풀 수 있는 것들과

말씀이 풀 수 있는 것들과

신앙이 풀 수 있는 것들과

합쳐져 하나되어

한 길로 갈 때

어려움을 풀 수 있는

생활의 무기.

소망

육신은

늘

편안함과 안락을 찾아간다

자신을 잃은 마음은

허공에서 꿈을 찾는다

자아를 버리고

세파에 더러워진 생각을 버리고

온전히

모든 것을 맡기면

간구하면

뉘우치면

느낄 수 있는 기쁨이

어느덧 심장 깊숙이 뛰고 있다.

그리고

늘

바라던 천국을 본다.

믿음

「바라는 것들의 실상(実相)
보이지 않는 것들의 증거
선진(先進)들이 얻은 증거」

보이는 것을 아는 확인보다
보이지 않는 것을 믿는 믿음이
더 큰 은혜러라

볼 수 없는 마음을 가진
슬픔의 노래보다
볼 수 있는 믿음을 가진
열락의 찬양을 부르라

알면서도 외면한
가식적인 삶을 버리고
비록 부족하지만 순수함을 지닌
겸손한 믿음을 쌓으라.

자유 의지

모든 게 다르다
얼굴 목소리 웃음 울음 그리고
숨소리까지도
서로가 다르듯
다르게 살아가지만
"빛이 있으라"
이때
우리는 하나로 시작되었다

용감한 자 전진하나 나약한 자 쓰러지리라
다르지만 같아지도록
같은 길을 갈 수 있도록
하나의 생명이라도 구하도록
고난의 길을 이기도록
자유의지를 주셨건만
절대자유를 넘어선 또 다른 자유를 갈구한다

자유가 주는 자유함에 자유의 소중함을 잊고
자유를 버리는 자유의지의 타락
멸망의 길로 인도하는도다

안락과 평안의 길이 아닌
고난과 고통을 이겨내는
자유의지의 길을 향하여.

마음의 할례

우리들의 하나님이 되고

하나님의 백성이 되는 약속을 이루기 위해

남자의 은밀한 부분을 잘라내는 피흘림 언약의 예식(例式)

하지만 언약 후에도 반복되는 불순종과 죄악들

마음은 순종이 원이로되

유혹의 함정에 빠진 마음따라 육신이 죄악의 길을 걷네

언약을 지키려는 굳건한 마음 어디있나

아브라함은 독자(独子) 이삭을 바치라는 하나님의 시험에

3일 여정, 순종의 길을 걸으며 마음을 지켜

여호와이레, 준비된 사랑을 받고

하늘의 별과 바닷가 모래처럼 번성의 복을 누렸네

다윗은 욕정에 휩싸여 죄를 지었으나 통곡의 회개 후

하나님을 경외하고 그 앞에 진실하며 말씀듣는 자 되어

하나님 마음에 합한 자 되었네

마지막 할례자 예수 그리스도

율법을 완성하시고 새 언약의 주인 되셨네

짐승의 피가 아닌 유월절 어린 양

그리스도의 보혈로 이루어진 사랑의 새 언약

죽음을 이긴 부활의 속한 자 되고

물과 성령으로 거듭날 때

예식(例式)보다 중요한 마음의 할례를 이루어

내 삶의 주인 되시는 주(主)

내 삶의 구원자 되시는 예수

내 삶의 왕으로 기름 부으심 받으신 그리스도

주 예수 그리스도를 전적의지하여

결코 결코 변하지 않는

변할 수 없는 믿음으로 살아가네.

제자와 사도

주님은 제자로 부르시어 훈련을 통해
그들 중에 사도를 만드셨네

제자들은 수없이 많으나
사도는 열둘이었네

제자는 배우는 사람이나
사도는 사명을 받은 사람이네

제자는 주님의 말씀을 들으나
사도는 말씀을 전파하였네

제자는 의심이 많으나
사도는 의지가 강하였네

제자는 유혹과 의심으로 흔들리나

사도는 흔들림이 없네

제자는 명예와 욕심이 있으나
사도는 오직 복음전파하다 순교하였네

하나님이 되시는 주님이 세상에 오듯
주님을 사도들을 세상에 보내셨네.

가룟마을의 유다

열두 제자 중 유일하게 유대지방 출신인 가룟유다
그의 유능함에 제자로 택하여
재정담당자, 행정기획자, 마귀쫓는 권능자,
복음전도자의 사명을 맡기셨다

예수님을 추종(追從)하며 놀라움을 겪은 가룟유다
예수님의 산상수훈을 통한 천국복음의 설파(說破)
병든 자, 죽은 자를 일으키신 기적의 치료
귀신 쫓는 신적 능력과 바다 위를 걸으신 이적(異蹟)
이웃을 사랑하고 가난한 자를 구제하고
부자 청년에게 모든 것 팔아 가난한 자들에게 주라하고
음탕한 여인의 값비싼 향유를 받으시며
자신의 죽음을 예고(予告)함에 놀랐다

예수님의 놀라운 일들을 보며 야욕의 싹을 키우는 가룟유다
유대교적 메시야 욕망을 키워

물질적 부요함과 명예, 권세, 정치적 야망을 갈구했다

조금씩 실망의 갸우뚱으로 변해가는 가룟유다
세례 요한의 억울한 죽음에 아무런 행동이 없는 예수님
오병이어(五甁二魚) 기적 후 도망치듯 사라지는 예수님
세상 권세 대신 수치, 고난, 죽음의 길을 말씀하시는 예수님
예수님으로부터 점점 기대와 희망이 사라지고
실망과 함께 이기심과 탐욕이 커가기 시작했다

예수님이 오신 진정한 이유는
죄와 구원은 인간의 노력과 행위로 될 수 없으며
죄의 삯은 죽음이기에
우리의 죄를 사하여 주시기 위해 오셨고
변화된 삶을 살도록 천국복음을 전하기 위해 오셨으며
온전한 순종을 바라시며 성령세례를 주시기 위해 오셨다
무지(無知)의 안타까움이 흐른다
이미 400여 년 전 인간의 구원 문제를 해결하기 위해
이사야의 대본을 들고 오신 예수님
정해진 예언의 길이기에
십자가 보혈의 열쇠만이 구원의 문을 열 수 있는데

자기만의 의식세계 속에서 빚어낸 욕심은

예수님을 오로지 정치적 메시야로 인식하고 있었다

보이는 것만 보는 형식적 과잉 생각에 잠겨

예수님의 행동에 반발심만 커져 가면서

서서히 배신의 늪으로 한 발씩 담그고 있었다

이미 예언된 말씀을 모르고 죽음을 예고했지만

깨닫지 못하는 어리석음으로 가득찬 가롯유다

삼킬 자를 두루 찾던 사탄이 가롯유다 속으로 들어가자

배신의 창은 날카롭게 빛나고

반역의 입맞춤은 하고자 하는 일을 서둘렀다

자신의 야심을 내려놓지 못하더니 결국

사명의 도구가 아닌 사탄의 도구로 변질 되었다

가롯유다의 배신이 아니더라도

인류 구원을 위해 정해진 길을 가야했던 예수님

도수장(屠獸場)으로 끌려가는 어린 양처럼 묵묵히

모든 죄를 품으시고 보혈로 구원을 증거하시며

모든 것을 다 이루신 거룩한 죽음

회개를 모르는 가롯유다

베드로는 배신 후 통곡의 회개를 하고

순교의 숭고한 빛을 남겼으나

가롯유다는 배신의 댓가, 은 30냥을 내던지며 후회하며

자살로 죄를 더하며 추악한 삶을 끝냈다

성품의 결과인 후회와 믿음의 회복인 회개 사이에

깨달음의 격랑(激浪)이 부딪치는데…

어리석은 가롯유다는 오늘도 있지 않을까?

가나안 소묘(素描)

우리가 살며 숨쉬는 이곳이 가나안

젖과 꿀이 흐르는 땅이 아닌

젖과 꿀이 흐르도록 피와 땀을 흘릴 때

수고한 만큼 주시겠다고 약속으로 주신 땅

하늘에서 내리는 만나는 없고

땀 흘려야 얻을 수 있는 곳

반석을 치면 물이 솟는 곳이 아닌

물을 찾아다니며 우물을 파야하는 곳

눈에 보이는 성막이 아니라

마음 속 성전이 더 중요한 곳

불기둥과 구름기둥은 보이지 않고

무릎꿇어 간절함으로 세운 기둥이 필요한 곳

똑같이 입고 먹고 자는 것이 아니라

노력에 따라 각기 다른 삶을 사는 곳

단순히 숨쉬고 있는 것을 넘어서서

복잡다단한 변화의 삶을 살아야 하는 곳

땅을 딛고 살지만 하나님을 바라봐야 하는 곳

준비된 하나님의 사람을 통해 역사하는 곳

기적은 있으나 기적을 기대하며 간구하는 곳

만물을 통하여 하나님의 계심을 깨달아야 하는 곳

하나님보다 우상이 가까이 보여 유혹에 빠지기 쉬운 곳

낮은 땅에 물이 흘러 풍요를 이루듯

겸손함으로 낮아져야 하나님을 볼 수 있는 곳

스스로 돕는자를 도우시는 하나님의 섭리로

인간의 노력없이는 얻을 수 없는 곳

가나안은 오직 주 예수 그리스도를

삶의 주인으로 모시며 구원에 감사하며

영혼과 진리로 하나된 예배를 하는 곳.

남은 자

그루터기

그 크기와 깊이를 보면

오랜 세월 거치며 남겨진 흔적이 있다

운명을 바꾸는 작품을 만드는 자

주님 안에서 삶을 바꾸는 영적 유전자

하나님의 백성으로 구원 받은 자

오직 주님만 의지하고 의를 행하며

악을 멀리하고 정직만을 말하며

간교와 거짓을 멀리하는 자

마지막 심판 때에도 은혜와 언약안에 사는 자

성막보다 성막 속 그리스도를 품은 자

절기 의식보다 성삼위일체를 깨달은 자

언약궤보다 언약을 지키는 자

¹²임마누엘의 진정한 의미를 아는 자

기적의 빵과 고기보다 생명의 말씀을 깨달은 자

사도로, 제자로, 순교자로, 성도로,

무의미한 육(肉)보다 영(靈)을 살리는 자

절대언약을 붙들고 현장, 종족, 나라를 일으킨 자

나의 능력과 재능을 사명으로 품고

하나님과 공동체에서 하나된 자

기적이나 응답만 찾다가 사라진 자들 보다

복음을 붙잡고 결국 승리한 자

바다의 모래같이 많은 사람들이 있을지라도

남은 자만이 영생 구원을 얻으리라.

---

12 임마누엘(Immanuel) : 히브리어로 '하나님이 우리와 함께 게시다'란 의미다. 임마누엘은
임마누(Immanu, 우리들과 함께 있다)와 엘(El, 하나님)을 조합한 것이다.

시간, 그 새로움

시간이 물결따라 흐르네 작은 소리를 내며

갸날프게 나뉘어진 소리들

무리지어 하루를 접으면

어둠이 착상하고 고요가 잉태하면

존재해야 한다는 강렬한 몸짓이 소리를 찾아

어색한 시간 속으로 달려 보지만

놓쳐버린 시간은 파편되어 흩어져

과거를 만들고

수없이 토해내는 초침(秒針)의 격정은

얇은 자존심

규격화된 삶은 전체를 놓치고

시간의 압박에 꿈을 포기하면

당황한 내일은 미래를 기다리지 못한다.

잠시

생각하는 시간을 갖고

시간속에서 생각을 더듬어 보지만

생각이 갖는 시간은 욕심뿐

지금, 우리들

참으로 찔린 시간들을 잊었는가

가시관에 눌려진 고통의 시간을 아는가

눈물 머금고 일어선 시간의 박동(博動)은

방황하는 젊음에게 빼앗기고

주름 계곡에 묻혀

신속히 가니 날아가니이다 라는 공허뿐

시간이 절대자의 것일 때

차디찬 육신의 끝이

끝이 아님을 알 때

슬픈 수의(壽衣)는 당당히 일어서서

발 끝에 머문 숨결을 일으키며

시간의 영원함 속에 안주(安住)한다.

서른셋의 시간이

십자가에 머물렀을 때

고통의 단말마 마저도

시간을 삼키며 외면하고 말았다

암흑의 시간을 깨트리는

빛의 혁명 앞에 펼쳐진 시간

아!

새로운 에덴이여.

처음 익은 열매

땀으로

빚어낸 결정체

눈부신 탄성(歎声)

경외(敬畏)함

전능하신 역사(役事)

아 !

주님의 것

드리옵니다.

하늘과 나

파란 하늘 깊숙한 곳
그 끝을 쳐다보면
파랗게 되어버린 나를 만난다

"너는 누구니" 내가 물으면
"나는 나야" 내가 답한다

"세상의 모든 것을 버리고 왔니" 내가 물으면
"글쎄, 아직은…" 나는 머리를 긁는다

"버리지 못하면 내려가야지" 내가 말하면
순간,
모순덩어리를 만난다
하루 한 번이라도
하늘을 보자 그리고
나를 되돌아 보자.

교회

예수님 핏값으로 이루어진 교회
성도의 몸을 교회의 지체로 삼으시니
성도 한 사람 한 사람이 교회이므로
얼굴엔 은혜가 삶엔 사랑이 넘친다

교회는 예수 그리스도를 구주로 고백하는 성도들의 모임
그 거룩한 영(靈)으로 하나되어 가며
말씀을 통해 믿음이 살아 숨쉰다
예배당은 거룩한 모임을 위한 장소
교회는 Software 예배당은 Hardware

교회는 신앙훈련으로 성장하고 성숙되며
예배당은 훈련되고 준비된 성도들에 의해 성장한다
예배당이 먼저 성장하면 교회는 위태롭다
교회는 내적 순수함이나 예배당은 겉모습이다

예수님이 채찍을 들어 세상 욕심에 물들은 자들을
예배당에서 쫓아내시며 기도하는 집이라 하셨다
예배당 안에서 교회가 타락하는 순간
돌 하나도 돌 위에 남기지 않고 무너지리라는
예수님의 말씀이 펼쳐진다
솔로몬의 황금 예배당은 사라졌지만
예배당을 전혀 짓지 않은 예수님의 말씀은
영원에서 영원으로 이어지고 있다

주님의 이름으로 모여 있다면
어디에 있든지 그 모임이 교회다
보이는 예배당보다
영(靈)으로 살아있는 교회가 귀하다
성전의 시대는 사라지고
성도들의 공동체인 교회의 시대가 왔다
화려하고 큰 예배당과 끝이 다른 말씀이 아닌
생명수 흐르는 귀한 말씀을 찾아 마셔야 한다

내 몸이 교회이며
교회는 진리의 말씀으로 흥왕(興旺)되어 간다.

예배

마음 깊숙이 고요함을 포옹하고
지나간 시간들을 새롭게 되새기며
어찌 할 수 없는 흔들림에
온몸을 맡긴다

두 손 모아 기도하면 스며드는 포근함
손끝에서 피어나는 간구의 떨림
찬양의 입술에서 피어나는 향기는
마음속에 자리잡은 주님의 사랑
세파의 어두움
어느덧 물러가고
생활의 아름다움, 소망, 행복
아! 가득찬 사랑의 꽃
영(靈)과 진리가 주는 평안의 시간.

예배하는 자

성도는 삶이 곧 예배다
하나님 안에서 잘 먹고 잘 자고 미래를 준비하며
열심히 일하고 서로 돕고 나누며 사는 것이 예배다
의식과 형식에 매인 종교적 예배가 아닌
하나님과 대화하고 찬양하며
하나님만이 영광 받으시는 생활예배가 되어야 한다

장소에 국한된 예배는 하나님을 가둬놓는 예배다
초막이든 궁궐이든 가정이든 직장이든
산과 들 어디서든지
하나님을 찬양하는 것이 예배다
예배당보다 더 크신 하나님이
우리 속에 거하시기 때문이다
모이기 힘써서 말씀듣고 훈련되어
흩어져 생활예배로 하나님과 하나 되어야 한다

예수님이 오시므로 모든 절기가 사라졌듯이
예배를 위해 특별히 중요한 날은 없다
모이기로 약속한 시간에 모여 말씀듣고 흩어져
매일매일 주님의 날이기에
매일매일 예배를 누려야 한다

사람은 사람을 거두고
성령은 성령을 거두기에
사람에 매인 예배는 예수님을 볼 수 없다
사람에 얽매이지 않고
모두가 제사장되어 성령으로 하나되는 예배가
생활 속에서 은혜와 진리의 빛으로 나타내야 한다

물질에 매이면 형식적인 예배가 된다
사람을 만드신 하나님께 드릴 것은 내 자신 뿐이다
복음의 시작은 내가 아무것도 할 수 없음을 고백하며
하나님께 완전히 맡기는 것이다
헛된 물질로 가중한 예배가 되어서는 안된다
물질을 초월한 예배는
땅의 것을 버리고 하늘의 것을 찾는 것이다

말씀으로 세상을 창조하신 하나님의 말씀

그 말씀이 인간의 본질이 되었고

진리가 말씀되어 우리를 낳으셨다

하나님은 말씀이며 말씀이 육신이 되어

성육신되신 예수님의 말씀이 예배다

진정한 자유는 말씀속에 갇힐 때 누릴 수 있다

예수님의 말씀이 진리이기에

말씀을 알지니 말씀 안에서 자유케 되리라

하나님은 영(靈)이시니 무소불위(無所不為)하시며

하나님은 진리이시니 영원히 변치 않으시기에

예배하는 자는 영(靈)과 진리 안에서 예배해야 한다.

거듭남

피할 수도 있었는데

무엇을 이루시기 위해

질 수 없는 고통을

모두 품고 가셨는가

이미 알고 오셨는데

질 수밖에 없으셨다면

고통, 그 잔인한 고통만은 없을 수도 있었을 텐데

그러나 그 고통속에 있는

나의 죄 때문에

죄가 죄를 이길 수 없고

죄가 죄를 감당할 수 없기에

죄가 죄를 깨끗이 할 수 없기에

홀로 대신 짊어지고 해골의 곳에서 쓰러지셨는데

나는 왜 이리 무지(無知) 속으로 달려가는가

내 마음 깊숙이 자리잡은 죄악의 본성이

꿈틀대며 살아날 때마다

그 고통의 단말마가 흔들리며 다가오는 건

형언할 수 없는 뜨거운 사랑이어라

눈물이 무릎에서 통곡의 언어가 되어

온몸 구석구석으로 메아리칠 때

내 삶을 감싸는 따사로운 아늑한 사랑은

순종으로 이겨낸 승리의 사랑이며

모두에게 주신 거듭남의 사랑이어라.

기다림, 그 날

세상에 알리며 울음으로 태어난 기쁨 뒤에는

지키지 못한 약속의 목마름 있네

지켜야 됨을 모른 체

주어진 대로 주는 대로 그렇게

호흡하며 생각하며

계절의 감각을 방황의 거리에서 찾으며

낮을 건너 밤으로만 이어지려는 광란의 유희

숨 죽이며 쓰러진 새벽 깨워

눈(眼) 뜨면 다가오는 또 다른 유혹들, 순간

육신 깨워 문(門) 박차고

말씀 앞에 낮아지면

차가운 발 녹이시는 따스한 사랑의 손 느낄 때

목에서 목숨까지 차오르는

뜨거운 은혜의 샘

솟구쳐 오르는 물결의 목마름, 깨우침

여기 있나이다

여기 있나이다

내가 나 이기를 거부했던 나

여기 있나이다

육신의 문(門) 모두 닫혀지고

마지막 문(門) 열리면서

스스로 계신 그 품으로

그…날…에….

마치면서

하나님은 사랑이십니다.

내가 하나님을 몰랐을 때에도 하나님은 이미 오랜 전부터

나를 택하셔서 나를 사랑하고 계십니다.

신앙은 하나님과 나와의 일대일 관계입니다.

나의 믿음대로 되는 것이지 누가 대신해 주는 것이 아닙니다.

누군가 나를 위해 눈물로 기도하고 기쁨으로 찬양해 줄 수 있지만,

믿음은 결국 본인이 하나님의 자녀가 되었다는

고백의 과정을 거쳐야 합니다.

그리스도인으로서의 출발은 먼저 나의 죄를 용서해 주시기 위해

십자가에서 보혈을 쏟기까지 사랑하신 예수 그리스도를 삶의 주인으로

모시고 죄사함 받은 구원의 감격에 고백하는 것입니다.

그리스도인이 된다는 것은 성공이나 완성이나 완전함이 아닌

계속해서 이루어 가는 것입니다.

이 세상 삶을 다할 때 까지 그리스도인으로 성장하고 성숙되어가는 것으로,

그리스도인은 늘 "공사중"입니다.

언제든지 죄의 유혹이 다가오지만,

예수님의 죄사함의 은혜를 생각하며 유혹을 이겨냅니다.

부족한 것이 많기에 늘 겸손하고자 노력하는 것입니다.

그리스도인이 되었다고 모든 것이 다 잘 되는 것이 아니라

어려움과 고난과 고통과 슬픔이 오더라도 믿음 안에서 다시

일어설 수 있도록 주님이 주시는 용기를 얻는 것입니다.

세상 속에서 너무도 약한 존재이기에 나의 부끄러움을 고백하며,

예수님을 향한 믿음을 키워 나가며, 다른 사람에게도 예수 그리스도의

선한 영향력을 나타내고자 힘쓰는 것입니다.

그리스도인은 내 육신의 삶을 다하는 날,

내 영혼이 하나님 나라에 들어가 영원한 삶을 산다는

감격을 누리는 것입니다.

그리스도인은 오늘도 예수 그리스도의 영원한 사랑을
품고 살아 갑니다.

우리가 만난 후 당신이 나를 잊는다 해도
당신은 잃은 것이 전혀 없습니다
그러나 당신이 예수 그리스도를 만난 후
그 분을 잊는다면 당신은 모든 것을 잃게 됩니다.